LES DOUZE INDICES DE NOËL

Du même auteur

La Proie pour l'ombre (*An Unsuitable Job for a Woman*), Mazarine, 1984, Fayard, 1989.
La Meurtrière (*Innocent Blood*), Mazarine, 1984, Fayard, 1991.
L'Île des morts (*The Skull Beneath the Skin*), Mazarine, 1985, Fayard, 1989.
Sans les mains (*Unnatural Causes*), Mazarine, 1987, Fayard, 1989.
Meurtre dans un fauteuil (*The Black Tower*), Mazarine, 1987, Fayard, 1990.
Un certain goût pour la mort (*A Taste for Death*), Mazarine, 1987, Fayard, 1990.
Une folie meurtrière (*A Mind to Murder*), Fayard, 1988.
Meurtres en blouse blanche (*Shroud for a Nightingale*), Fayard, 1988.
À visage couvert (*Cover Her Face*), Fayard, 1989.
Mort d'un expert (*Death of an Expert Witness*), Fayard, 1989.
Par action et par omission (*Devices and Desires*), Fayard, 1990.
Les Fils de l'homme (*The Children of Men*), Fayard, 1993.
Les Meurtres de la Tamise (*The Maul and the Pear Tree*), Fayard, 1994.
Péché originel (*Original Sin*), Fayard, 1995.
Une certaine justice (*A Certain Justice*), Fayard, 1998.
Il serait temps d'être sérieuse… (*Time to Be in Earnest*), Fayard, 2000.
Meurtres en soutane (*Death in Holy Orders*), Fayard, 2001.
La Salle des meurtres (*The Murder Room*), Fayard, 2004.
Le Phare (*The Lighthouse*), Fayard, 2006.
Une mort esthétique (*The Private Patient*), Fayard, 2009.
La mort s'invite à Pemberley (*Death Comes to Pemberley*), Fayard, 2012.

P.D. James

Les douze indices de Noël
et autres récits

traduit de l'anglais
par Odile Demange

Fayard

Couverture : © Hokus Pokus Créations

Cet ouvrage est la traduction,
publiée pour la première fois en France dans son intégralité,
du livre de langue anglaise :
THE MISTLETOE MURDER AND OTHER STORIES
édité par Faber and Faber Limited, Londres.

Tous droits réservés
© Succession de P.D. James, 2016, pour *Les Douze Indices de Noël
et autres récits*

L'Énigme du gui
(publié pour la première fois par *The Spectator* © P.D. James, 1991 ;
publié en France dans le recueil *Frissons de Noël*,
Éditions du Masque, 1998)
L'Héritage Boxdale
(publié pour la première fois dans *Detection Club Anthology 1979*
© P.D. James, 1979)
Les Douze Indices de Noël
(publié pour la première fois par le *Sunday Times* © P.D. James, 1996 ;
publié en France dans le recueil *Du sang sous le sapin*,
Éditions du Masque, 2001)
Un meurtre très ordinaire
(publié pour la première fois par Clive Irving © P.D. James, 1969 ;
publié en France dans le Magazine *Elle*, 1997)

Préface non abrégée publiée pour la première fois dans *Murder
in Triplicate* © P.D. James, 2001, succession de P.D. James, 2016

© Librairie Arthème Fayard, 2016,
pour la traduction française.

ISBN : 978-2-213-701-783

Dépôt légal : octobre 2016

Préface

Dorothy L. Sayers écrivait dans sa préface à une anthologie de nouvelles policières publiée en 1934 : « La mort semble fournir à l'esprit anglo-saxon une source d'innocent amusement plus abondante que tout autre sujet. » Elle ne songeait évidemment pas aux meurtres effrayants, répugnants et occasionnellement pathétiques de la vie réelle, mais aux inventions mystérieuses, élégamment élaborées et fort appréciées du public auxquelles s'adonnent les auteurs de romans policiers. Amusement n'est peut-être pas le mot juste ; divertissement, détente ou excitation conviendraient mieux. De surcroît, à en juger par la popularité universelle des histoires policières, les Anglo-Saxons ne sont pas les seuls à se passionner pour les crimes les plus abominables. À travers le monde, des millions de lecteurs se sentent chez eux au 221b Baker Street, tanière étouffante de Sherlock Holmes, dans le charmant cottage de Miss Marple à St. Mary Mead ou l'élégant appartement de Lord Peter Wimsey à Piccadilly.

Avant la Seconde Guerre mondiale, une bonne partie des récits d'enquêtes criminelles se présentait sous forme de nouvelles. Les deux écrivains que l'on peut considérer comme les pères fondateurs de l'histoire policière, Edgar Allan Poe et sir Arthur Conan Doyle, maîtrisaient parfaitement cette forme, l'un comme l'autre, et le premier a défini l'essentiel des caractéristiques non seulement de la nouvelle, mais du roman policier : le suspect le moins probable qui endosse le rôle de l'assassin, l'énigm en chambre close, l'affaire résolue par un détective en fauteuil et le récit épistolaire. « Le roman policier est peut-être né dans l'esprit d'Edgar Allan Poe, a écrit Eric Ambler, mais c'est Londres qui l'a nourri, habillé et porté à maturité. » Il songeait, évidemment, au génie de Conan Doyle, qui a créé le plus célèbre détective de la littérature et a légué au genre un respect de la raison, un intellectualisme dépourvu d'abstraction, l'affirmation de la supériorité du raisonnement sur le recours à la force physique, une franche aversion pour la sentimentalité et la faculté de faire naître une atmosphère de mystère et d'horreur gothique qui n'en reste pas moins fermement ancrée dans la réalité matérielle. Et surtout, plus que tout autre écrivain, il a fondé la tradition du grand détective, cet amateur omniscient dont l'excentricité, allant parfois jusqu'à la bizarrerie, contraste avec la rationalité de ses méthodes, et qui offre aux lecteurs l'assurance réconfortante que, malgré notre impuissance apparente, nous habitons un univers intelligible.

Bien que les histoires de Sherlock Holmes soient les plus connues de cette période, elles ne sont pas les seules à mériter d'être lues. Julian Symons, critique respecté de la fiction criminelle, a fait remarquer que la plupart des éminents praticiens de l'art de la nouvelle se sont tournés vers l'enquête pour se délasser de leur travail habituel et ont pris plaisir à utiliser une forme encore balbutiante qui leur offrait d'infinies possibilités d'originalité et de variations. G.K. Chesterton est un de ces écrivains dont le centre d'intérêt était ailleurs, mais dont les enquêtes, celles du Père Brown, en l'occurrence, se lisent encore avec plaisir. On serait surpris de savoir combien d'autres illustres écrivains se sont essayés à la nouvelle policière. La deuxième série des *Great Stories of Detection, Mystery and Horror*, publiée en 1931, comptait ainsi parmi ses collaborateurs H.G. Wells, Wilkie Collins, Walter de la Mare, Charles Dickens et Arthur Quiller-Couch, en plus des noms que l'on s'attendrait à trouver sur cette liste.

Peu d'auteurs actuels de récits policiers échappent à l'influence des pères fondateurs, mais ils sont plus nombreux à se consacrer au roman qu'à la nouvelle. Cela tient en partie au net affaiblissement du marché de la nouvelle en général, mais peut-être la raison essentielle est-elle que les récits policiers se sont rapprochés du courant dominant de l'écriture romanesque et qu'un auteur a besoin d'espace pour explorer pleinement les subtilités psychologiques des protagonistes, les rouages complexes des relations humaines et les conséquences d'un crime et d'une enquête policière sur la vie des personnages.

L'envergure de la nouvelle étant forcément limitée, elle est plus efficace quand elle traite d'un seul événement ou d'une unique idée maîtresse. C'est l'originalité et la force de cette dernière qui déterminent largement la réussite du récit. Bien que sa structure soit nettement moins complexe que celle du roman, que son intrigue soit plus linéaire, se dirigeant résolument vers le dénouement, la nouvelle n'en est pas moins capable de créer, à l'intérieur de ses limites, un univers vraisemblable dans lequel le lecteur peut s'immerger pour en tirer les satisfactions que nous attendons d'une bonne histoire policière : une énigme plausible, de la tension et du frisson, des personnages auxquels nous pouvons nous identifier même s'ils ne nous inspirent aucune sympathie et une fin qui ne soit pas décevante. Il est assez réjouissant de faire tenir dans quelques milliers de mots tous les éléments – intrigue, décor, peinture des personnages et effet de surprise – qui contribuent à faire un bon récit policier.

Bien que j'aie été principalement romancière, le défi de la nouvelle m'a apporté un grand plaisir. Il faut réaliser beaucoup, avec peu de moyens. Les longues descriptions de lieux sont à bannir, mais le lecteur doit tout de même trouver le cadre vivant. Et s'il est essentiel que les personnages soient aussi bien campés que dans un roman, il faut définir les traits d'une personnalité avec une grande économie de mots. Il convient que l'intrigue soit solide mais pas trop complexe, et que le dénouement, vers lequel chaque phrase du récit doit tendre inexorablement, surprenne le lecteur sans lui donner l'impression d'avoir été berné. Tout doit concourir à imposer l'élément le plus ingénieux de la nouvelle : le choc de la surprise. Aussi est-il difficile d'écrire une bonne nouvelle, mais en cette époque affairée, ce genre offre une des expériences de lecture les plus satisfaisantes.

P.D. James

Les douze indices de Noël

La silhouette qui se précipite sur la route depuis le bas-côté dans la pénombre d'un après-midi d'hiver, agitant frénétiquement les bras pour faire signe à l'automobiliste qui approche, est un cliché de roman si commun qu'au moment où Adam Dalgliesh, promu sergent depuis peu, l'aperçut, il crut un instant avoir été entraîné par quelque sortilège dans une de ces histoires de Noël propres à assurer un petit frisson de saison aux lecteurs d'un hebdomadaire haut de gamme.

Dalgliesh baissa la vitre de sa MG Midget, laissant ainsi entrer dans l'habitacle un souffle d'air froid de décembre, un tourbillon de neige duveteuse et une tête masculine.

« Dieu merci, vous vous êtes arrêté ! Il faut que j'appelle la police. Mon oncle s'est suicidé. Je viens de Harkerville Hall.

– Vous n'avez pas le téléphone ?

– Si j'avais pu téléphoner, je n'aurais pas eu à gesticuler de la sorte. La ligne est en dérangement. Ça arrive souvent. Et en plus, la voiture est en panne. »

Adam avait remarqué une cabine téléphonique à l'entrée d'un village qu'il avait traversé moins de cinq minutes auparavant. Par ailleurs, le cottage de sa tante, sur la côte du Suffolk, où il devait passer Noël, n'était qu'à dix minutes de route. Mais à quoi bon troubler son intimité en lui imposant la présence d'un inconnu, plutôt désagréable de surcroît ? « Je peux vous conduire à une cabine, proposa-t-il. Je viens d'en apercevoir une juste à côté de Wivenhaven.

– Alors faites vite. C'est urgent. Il est mort.

– Vous en êtes certain ?

– Bien sûr. Il est froid, il ne respire plus et on ne sent plus son pouls. »

Dalgliesh faillit lui faire remarquer que dans ce cas il n'y avait aucune urgence, mais il s'en abstint.

La voix de l'étranger était sèche et autoritaire, et Adam soupçonnait ses traits d'être aussi peu avenants. Mais il portait un épais manteau de tweed au col remonté qui masquait largement son visage, à l'exception d'un long nez. Adam se pencha pour ouvrir la portière gauche et l'homme monta dans la voiture. Son agitation était sans doute sincère car il luttait visiblement contre l'émotion ; Adam crut pourtant y déceler plus d'angoisse et de contrariété que de choc et de peine.

Son passager dit de mauvaise grâce : « Je ferais mieux de me présenter. Helmut Harkerville. Je ne suis pas allemand. Ma mère aimait ce prénom. »

Ne voyant pas ce qu'il pouvait répondre à cela, Dalgliesh se présenta à son tour, et ils se dirigèrent dans un silence renfrogné vers la cabine téléphonique. En sortant de voiture, Harkerville lança, furieux : « Oh, bon sang, en plus, j'ai oublié de prendre de l'argent. »

Dalgliesh fourragea dans la poche de sa veste et lui tendit un assortiment de pièces, avant de le suivre jusqu'au téléphone. La police locale n'apprécierait guère d'être appelée à quatre heures et demie un jour de réveillon, et si c'était un canular, il préférait ne pas y être directement mêlé. En revanche, la correction exigeait qu'il appelle sa tante pour l'avertir qu'il risquait d'être en retard.

La première conversation dura quelques minutes. En revenant, Harkerville déclara avec une mine revêche : « Ils ont pris cela avec un calme remarquable. C'est à croire que dans ce comté, les gens se donnent couramment la mort à Noël.

– Les habitants d'Est-Anglie sont des gens solides. Certains peuvent parfois être tentés, mais ils parviennent généralement à résister. »

Une fois qu'Adam eut passé son appel, ils regagnèrent l'endroit où il avait pris son passager. « Il y a une intersection sur la droite, observa Harkerville laconiquement. Il reste à peine plus d'un kilomètre jusqu'à Harkerville Hall. »

Conduisant en silence, Adam songea qu'il ne pouvait peut-être pas se contenter de déposer son passager devant la porte d'entrée. Il était policier, après tout. Ce n'était pas son secteur, cependant il lui fallait tout de même s'assurer que le cadavre en était bien un et que l'homme ne pouvait plus être secouru, et attendre l'arrivée de la police locale. Il présenta cette proposition calmement mais fermement à son compagnon, qui mit une bonne minute à lui accorder un assentiment réticent.

« Faites comme vous voulez, mais vous perdez votre temps. Il a laissé un message. Voici Harkerville Hall. Si vous êtes d'ici, vous connaissez probablement la maison, au moins de vue. »

Dalgliesh connaissait effectivement le manoir de vue, et son propriétaire de réputation. La demeure ne risquait pas de passer inaperçue. Il songea que les services d'urbanisme actuels, même les plus arrangeants, auraient formellement interdit son érection à proximité d'un des sites les plus charmants du littoral du Suffolk. La réglementation était plus indulgente dans les années 1870. Le Harkerville de l'époque avait fait fortune en bourrant les insomniaques, les dyspeptiques et les impuissants d'un mélange d'opium, de bicarbonate et de réglisse avant de se retirer dans le Suffolk et d'y construire un symbole de réussite destiné à impressionner les voisins autant qu'à incommoder les domestiques. Son actuel propriétaire passait pour être tout aussi riche, tout aussi mesquin et tout aussi misanthrope.

« Je suis venu passer Noël ici comme chaque année avec ma sœur Gertrude et mon frère Carl, reprit Helmut. Ma femme ne nous a pas accompagnés. Elle ne se sentait pas d'attaque. Il y a également une cuisinière temporaire, Mrs Dagworth. Mon oncle m'avait demandé de publier une annonce dans le *Lady's Companion* pour en trouver une. Elle nous a accompagnés hier soir. La personne qui lui sert habituellement de gouvernante et de cuisinière est rentrée chez elle pour Noël, tout comme Mavis, la petite bonne. »

Estimant Adam suffisamment informé par cet exposé superflu de leurs dispositions domestiques, il se réfugia à nouveau dans le silence.

Le manoir surgit devant eux avec une telle soudaineté qu'Adam freina instinctivement. Il se dressait à la lumière des phares, plus proche d'une aberration de la nature que d'une habitation humaine. L'architecte, en admettant que l'on ait véritablement fait appel à un homme de l'art, avait commencé sa monstruosité en construisant une énorme bâtisse carrée en brique rouge percée de nombreuses fenêtres avant d'ajouter, sous l'impulsion d'une créativité frénétique et perverse, un immense porche ornemental qui aurait mieux convenu à une cathédrale ainsi que quatre grands bow-windows, et de couronner le toit d'une tourelle à chaque angle et d'un dôme central.

Il avait neigé toute la nuit, mais la matinée avait été sèche et glaciale. À présent, cependant, les premiers flocons s'épaississaient, recouvrant lentement les doubles traces de pneus qu'éclairaient les phares. Ils approchèrent silencieusement de la maison, qui paraissait déserte. Seuls le rez-de-chaussée et une fenêtre de l'étage laissaient entrapercevoir une faible lueur par l'interstice des rideaux tirés.

Il faisait froid dans le vaste vestibule lambrissé de chêne et chichement éclairé. L'imposante cheminée ne contenait que deux rampes électriques donnant l'illusion d'un feu de bois, tandis qu'un bouquet de houx glissé derrière deux portraits lourds et médiocres soulignait plus qu'il n'atténuait la mélancolie des lieux. L'homme qui les fit entrer et qui referma la solide porte de chêne derrière eux ne pouvait être que Carl Harkerville. Comme sa sœur, qui arriva précipitamment, il avait le nez des Harkerville, des yeux brillants et soupçonneux et une bouche aux lèvres minces et pincées. Une deuxième femme, qui se tenait en retrait du groupe dans une attitude de désapprobation glaciale, ne fut pas présentée ; sans doute s'agissait-il de la cuisinière intérimaire, encore qu'un pansement au majeur droit suggérât une certaine incompétence dans le maniement du couteau. Sa petite bouche mesquine et ses yeux foncés et méfiants donnaient à penser que son esprit était aussi étroitement corseté que son buste. Lorsque Helmut leur présenta Adam – « un sergent de la Metropolitan Police » –, son frère et sa sœur réagirent par un silence prudent, tandis que Mrs Dagworth émettait un léger hoquet de surprise, promptement réprimé. La famille précéda Adam dans l'escalier menant à la chambre du maître de maison, Mrs Dagworth fermant la marche.

La chambre, elle aussi lambrissée de chêne, était immense. Le mort était allongé sur la courtepointe du grand lit de chêne à baldaquin. Il était vêtu en tout et pour tout d'un pyjama, dont la boutonnière supérieure de la veste était orné d'un brin de houx sec, extrêmement épineux, aux baies rabougries. Le nez Harkerville saillait au milieu du visage tavelé et balafré, telle la proue d'un navire usée par d'innombrables traversées. Les paupières closes étaient serrées comme par un effort de volonté. La bouche ouverte laissait apercevoir une masse ressemblant à du pudding. Les mains noueuses, aux ongles remarquablement longs et enduits de pommade, étaient croisées sur son ventre. Sur sa tête, une couronne en papier crépon rouge, provenant de toute évidence d'un cracker de Noël. Sur la lourde table de chevet étaient disposés une lampe allumée ne dispensant qu'une faible lumière, une bouteille de whisky vide, un flacon de comprimés étiqueté, vide lui aussi, un récipient ouvert contenant une pommade à l'odeur infecte portant l'inscription « Onguent capillaire Harkerville », une petite bouteille Thermos, un cracker déchiré et une jatte de pudding de Noël dont on avait prélevé une grosse cuillerée sur le sommet. Il y avait aussi un billet.

Le message était rédigé à la main d'une écriture étonnamment ferme. Dalgliesh lut :

J'ai prévu cela depuis un certain temps, et si ça ne vous plaît pas, tant pis pour vous. Ce sera, Dieu merci, mon dernier Noël en famille. Finis le pudding pâteux et la dinde trop cuite de Gertrude. Finis les ridicules chapeaux en papier. Finie l'invasion de houx dans toute la maison. Finis vos visages d'une laideur repoussante et votre compagnie abrutissante. J'ai droit à un peu de paix et de bonheur. Je vais là où je pourrai les trouver, et ma chérie m'y attend.

Helmut Harkerville prit la parole : « Il a beau avoir toujours adoré les farces, on aurait pu penser qu'il choisirait de mourir avec un minimum de dignité. Vous pouvez imaginer le choc que nous avons éprouvé en le découvrant ainsi. Ma sœur, surtout. Il est vrai que notre oncle n'a jamais eu d'égards pour personne.

– *Nil nisi bonum*, Helmut, intervint son frère, sur un léger ton de reproche, *nil nisi bonum*. Il a certainement compris ses torts à présent.

– Qui l'a découvert ? demanda Adam.

– C'est moi, répondit Helmut. Enfin, j'ai été le premier à arriver au sommet de l'échelle. Ici, personne ne prend son thé matinal dans sa chambre, en revanche notre oncle emportait toujours une Thermos de café fort qu'il buvait au lit au réveil avec une goutte de whisky. C'est un lève-tôt, si bien que ne le voyant pas descendre pour le petit déjeuner à neuf heures, Mrs Dagworth est montée vérifier si tout allait bien. Elle a trouvé la porte fermée à clé, et il a crié qu'il ne voulait pas être dérangé. Lorsqu'il n'est pas venu déjeuner, ma sœur a fait une nouvelle tentative. Comme il ne répondait pas à ses appels, nous avons sorti l'échelle et nous sommes passés par la fenêtre. L'échelle est restée en place. »

Mrs Dagworth se tenait près du lit, raide comme la justice. « J'ai été engagée pour préparer le dîner de Noël pour quatre personnes, intervint-elle. Personne ne m'a prévenue que la maison était une atrocité sans chauffage et que le propriétaire était suicidaire. Je me demande comment sa cuisinière habituelle se débrouille. Cette cuisine n'a pas été refaite depuis quatre-vingts ans. Autant vous le dire tout de suite, je ne resterai pas. Je partirai aussitôt que la police sera arrivée. Et croyez-moi, je ne manquerai pas de me plaindre auprès du *Lady's Companion*. Vous aurez bien de la chance si vous réussissez à trouver une autre cuisinière.

— Le dernier car pour Londres part de bonne heure le 24, et il n'y en a plus jusqu'au lendemain de Noël, fit remarquer Helmut. Il va falloir que vous restiez jusque-là. Vous feriez mieux de faire ce pour quoi vous êtes payée et de vous mettre au travail.

— Vous pourriez commencer par nous faire du thé, fort et bien chaud, renchérit son frère. On gèle ici. »

De fait, il faisait exceptionnellement froid dans la chambre. « Il fait meilleur à la cuisine, observa Gertrude. Grâce à l'Aga. Nous y serons tous mieux. »

Dalgliesh, qui avait espéré quelque chose de plus roboratif que du thé, songea avec mélancolie à l'excellent repas qui l'attendait chez sa tante, au bordeaux soigneusement choisi et déjà ouvert, au crépitement et à l'odeur iodée d'un feu de bois flotté. Au moins, il faisait effectivement plus chaud à la cuisine, où l'Aga était le seul élément d'équipement relativement moderne. Le sol était dallé, le double évier maculé et un immense buffet chargé d'un assortiment de cruches, de bols, d'assiettes et de boîtes occupait tout un mur. S'y ajoutaient plusieurs placards, dont le sommet était tout aussi encombré. Sur une corde à linge, une collection de torchons, manifestement lavés quoique d'une propreté toujours douteuse, étaient suspendus comme autant de drapeaux blancs déprimants.

« J'ai apporté un gâteau de Noël, annonça Gertrude. Nous pourrions peut-être l'entamer.

– Je ne crois pas, Gertrude, répliqua calmement Carl. Je me sens bien incapable de prendre du gâteau de Noël alors que notre oncle est mort. Il doit bien y avoir quelques biscuits dans la boîte habituelle. »

Mrs Dagworth, dont le visage était crispé dans un masque de ressentiment, sortit du buffet une boîte en métal étiquetée « sucre » et commença à verser du thé dans la théière, avant de fouiller dans un des placards et d'en sortir une grosse boîte rouge. Les biscuits étaient vieux et ramollis. Dalgliesh les refusa, mais accepta le thé avec reconnaissance.

« Quand avez-vous vu votre oncle vivant pour la dernière fois ? » demanda-t-il.

Ce fut Helmut qui répondit : « Il a dîné avec nous hier soir. Nous ne sommes arrivés qu'à huit heures et évidemment, sa cuisinière n'avait rien laissé pour nous. C'est toujours comme ça. Nous avions apporté de la viande froide et de la salade, qui ont composé notre dîner avec une boîte de soupe que Mrs Dagworth a ouverte. À neuf heures, juste après les informations, notre oncle a annoncé qu'il montait se coucher. Plus personne ne l'a vu ni entendu depuis, sauf Mrs Dagworth.

— Quand je l'ai appelé pour le petit déjeuner, expliqua celle-ci, et qu'il m'a sommée de le laisser tranquille, je l'ai entendu ouvrir un cracker. Il était donc en vie à neuf heures ou juste après.

— Vous êtes sûre que c'était un cracker ? insista Adam.

— Absolument. Je sais reconnaître le bruit d'un pétard. J'ai trouvé cela un peu bizarre, alors je me suis approchée de la porte et j'ai demandé : "Tout va bien, Mr Harkerville ?" Il a répondu : "Tout va bien, naturellement. Partez et ne revenez pas." C'est la dernière fois qu'il a parlé à qui que ce soit.

— Il devait être debout à côté de la porte pour que vous l'entendiez, observa Dalgliesh. C'est du bois massif. »

Mrs Dagworth rougit. « Peut-être bien, répondit-elle, visiblement agacée, en tout cas je sais ce que j'ai entendu. J'ai entendu le cracker et je l'ai entendu me dire de m'en aller. De toute façon, ce qui s'est passé est parfaitement clair. Vous avez lu son message, non ? Il est écrit de sa main.

— Je vais aller surveiller la chambre, déclara alors Adam. Vous feriez mieux d'attendre la police du Suffolk. »

Rien n'imposant que la chambre soit placée sous surveillance, il s'attendait vaguement à des protestations véhémentes. Or personne ne pipa mot et il monta l'escalier seul. Il entra dans la chambre et referma la porte avec la clé qui se trouvait encore dans la serrure. S'approchant du lit, il l'examina soigneusement, huma l'odeur de pommade avec une grimace de dégoût et se pencha sur le corps. De toute évidence, Harkerville avait appliqué une généreuse couche d'onguent sur son crâne avant de se coucher. Ses mains crispées n'empêchèrent pas Dalgliesh d'apercevoir dans la paume droite un gros morceau de pudding de Noël. La rigidité cadavérique commençait à s'installer dans la partie supérieure du corps, mais il souleva délicatement la tête qui se raidissait pour inspecter l'oreiller.

Après avoir examiné le cracker, il reporta son attention sur le message. Le retournant, il constata que le verso était légèrement bruni, comme roussi. Il s'approcha de l'immense âtre et remarqua que quelqu'un avait fait brûler des papiers. Une pyramide de cendre blanche répandait encore une faible chaleur, sensible lorsqu'il avança la main. Tout avait été calciné, à l'exception d'un petit morceau de carton sur lequel figurait ce qui ressemblait à une corne de licorne, et d'un fragment de lettre. Le papier était épais et les quelques mots dactylographiés lisibles. Il lut : « e huit cents livres représentent un montant assez raisonnable vu ». C'était tout. Il laissa les deux fragments en place.

Un lourd bureau de chêne se dressait à droite de la fenêtre, donnant à penser que Cuthbert Harkerville avait dormi d'un sommeil plus paisible en sachant ses papiers importants près de lui. Le bureau, qui n'était pas fermé à clé, était entièrement vide, à l'exception de quelques liasses de vieilles factures acquittées retenues par des élastiques. Le dessus du meuble et la tablette de la cheminée étaient vides, eux aussi. L'immense penderie, qui sentait la naphtaline, ne contenait que des vêtements.

Adam décida de faire taire sa conscience et d'aller jeter un coup d'œil indiscret aux chambres voisines. La chambre occupée par Mrs Dagworth était aussi tristement meublée qu'une cellule de prison, le seul élément remarquable étant un ours empaillé moisi tenant un plateau. La valise de la cuisinière, encore fermée, était posée sur un lit trop étroit pour offrir le moindre confort et équipé d'un unique oreiller fort dur.

La chambre de droite, celle de Mavis, était tout aussi exiguë ; elle conservait au moins, en l'absence de son occupante, quelques traces de sa personnalité juvénile. Des affiches d'acteurs et de chanteurs étaient punaisées aux murs. Il y avait un fauteuil d'osier usé mais confortable, et le lit était recouvert d'une courtepointe matelassée dont le motif représentait des agneaux roses et bleus qui gambadaient. La petite penderie branlante était vide ; Mavis avait jeté dans la corbeille à papier ses pots de maquillage à demi utilisés, qu'elle avait recouverts d'un tas de vêtements vieux et souillés.

Adam regagna la chambre principale et poursuivit vainement la recherche de deux objets dont l'absence l'avait frappé.

Le village était distant de six kilomètres et une demi-heure s'écoula avant l'arrivée de l'agent Taplow. C'était un homme d'âge mûr, trapu, dont la corpulence naturelle était accentuée par les couches de vêtements qu'il estimait indispensables à une sortie à bicyclette un soir de décembre. Bien que la neige eût cessé de tomber, il insista pour laisser sa bicyclette dans le vestibule malgré la désapprobation silencieuse mais manifeste de la famille ; il appuya soigneusement l'engin contre le mur et tapota doucement la selle, comme s'il mettait un cheval à l'écurie.

Une fois qu'Adam se fut présenté et eut expliqué sa présence, l'agent Taplow dit : « Vous êtes certainement pressé de vous remettre en route. Inutile de vous attarder. Je prends les choses en main.

— Je monte avec vous, répliqua Adam fermement. J'ai la clé. J'ai pris la liberté de fermer la porte, estimant que la précaution n'était pas inutile. »

L'agent Taplow prit la clé et parut sur le point de faire un commentaire sur le côté exagérément tatillon de la Met, mais s'abstint. Ils montèrent ensemble. Taplow inspecta le corps avec une légère réprobation, examina le contenu de la table de nuit, renifla le pot d'onguent et lut le message.

« Tout cela me paraît tout à fait limpide. Il ne supportait pas l'idée d'affronter un nouveau Noël en famille.

— Vous connaissez la famille ?

— Jamais vue, sauf le défunt. Tout le monde sait qu'ils viennent tous les ans au manoir, et ne se montrent pas. Lui non plus, d'ailleurs, on ne le voit jamais – enfin, on ne le voyait jamais. »

Adam suggéra prudemment : « Une mort suspecte, ne pensez-vous pas ?

— Non, et je vais vous dire pourquoi. Il y a des cas où il n'est pas inutile d'être du coin. Dans cette famille, ils sont tous fous à lier, ou presque. Son père a fait exactement la même chose.

— Il s'est tué le jour de Noël ?

— La nuit de Guy Fawkes[1]. Il s'est bourré les poches de feux de Bengale et de pétards,

---

1. Guy Fawkes (1570-1606), soldat et conspirateur anglais, principal agent d'exécution de la Conspiration des poudres.

s'est collé des fusées, et des grosses, croyez-moi, autour de la ceinture, a descendu une pleine bouteille de whisky et a sauté au milieu du feu de joie.

— C'est ce qu'on appelle un départ en fanfare. J'espère qu'il n'y avait pas d'enfants dans les parages.

— Il n'est pas parti sur la pointe des pieds, ça, c'est sûr. De toute façon, les enfants ne sont jamais invités à Harkerville Hall. Ne comptez pas voir ce soir le pasteur à la tête des petits chanteurs de cantiques. »

Adam se sentait tenu d'insister. « Son bureau est presque vide, remarqua-t-il. Quelqu'un a brûlé des papiers. Les deux fragments à demi calcinés sont intéressants.

— Les gens qui se suicident brûlent couramment des papiers. Je regarderai tout ça en temps voulu. Le papier qui compte, c'est celui-ci. C'est un message de suicide, pour autant qu'on puisse en juger. Merci de nous avoir attendus, sergent. Je prends le relais. »

Toutefois, quand ils eurent regagné le vestibule, l'agent Taplow dit, avec une nonchalance feinte : « Vous pourriez peut-être me déposer à la cabine la plus proche. Autant laisser le Criminal Investigation Department jeter un coup d'œil à toute la tribu avant qu'on n'embarque le vieux monsieur. »

Adam se dirigea enfin vers la mer au volant de sa MG, avec la réconfortante certitude d'avoir fait tout ce qu'exigeaient son sens du devoir et son instinct. Si les hommes du CID local avaient besoin de lui, ils savaient où le trouver. L'étrange affaire du cracker de Noël – un titre approprié, songea-t-il, pour un aussi singulier prélude à Noël – pouvait être confiée en toute sécurité à la police du Suffolk.

Mais s'il avait espéré passer une soirée paisible, une déception l'attendait. Il n'avait eu que le temps de prendre tranquillement un bain, de défaire sa valise et de s'installer devant le feu de bois flotté, son premier verre de la soirée à la main, quand l'inspecteur Peck frappa à la porte. Il était d'une autre trempe que l'agent Taplow ; jeune pour son rang, avec un visage expressif aux traits bien dessinés sous des cheveux bruns, et apparemment insensible au froid car il ne portait qu'un pantalon de toile et une veste, son unique concession à une nuit de décembre étant une grande écharpe multicolore enroulée deux fois autour de son cou. Il se répandit en excuses auprès de Miss Dalgliesh, mais ne perdit pas son temps en mondanités avec son neveu.

« J'ai pris quelques renseignements sur vous, sergent. Pas facile un soir de Noël... J'ai tout de même fini par trouver à la Met quelqu'un qui était encore vivant et à jeun. Si j'ai bien compris, vous êtes le chouchou de l'inspecteur. Il paraît que vous avez une sacrée cervelle entre les deux oreilles et que vous n'avez pas les yeux dans votre poche. Vous allez me raccompagner à Harkerville Hall.

– Maintenant, inspecteur ? » Adam jeta à la cheminée un regard éloquent.

« Maintenant, en cet instant, tout de suite, immédiatement, pronto. Prenez votre voiture. Je pourrais faire le chauffeur, mais j'ai comme l'impression que je risque d'en avoir pour un bon bout de temps au manoir. »

Il faisait nuit noire à présent. Lorsque Dalgliesh rejoignit sa voiture, l'air était plus froid et piquant. La neige avait enfin cessé de tomber, et la lune apparaissait par intermittence entre les nuages qui filaient dans le ciel. Arrivés au manoir, ils garèrent leurs voitures côte à côte.

Mrs Dagworth leur ouvrit la porte et les laissa entrer en silence avec un regard malveillant, avant de s'éclipser en direction de la cuisine. Harkerville surgit alors qu'ils montaient l'escalier.

Levant les yeux vers eux, il leur dit d'un ton bougon : « Je pensais que vous alliez faire emporter le corps de mon oncle, inspecteur. Il n'est guère convenable de le laisser dans l'état où il se trouve. L'infirmière locale peut sans doute venir faire sa toilette, non ? Tout cela est terriblement bouleversant pour ma sœur.

— Tout sera fait en temps voulu, monsieur. J'attends le médecin légiste de la police et le photographe.

— Le photographe ? Pour l'amour du ciel, pourquoi voulez-vous le faire photographier ? Quelle indécence ! J'ai bien envie d'appeler le commissaire.

— Faites donc, monsieur. On vous répondra probablement qu'il est en Écosse en compagnie de son fils, de sa bru et de ses petits-enfants, mais je suis certain qu'il sera ravi d'avoir de vos nouvelles. Cela agrémentera certainement son Noël, croyez-moi. »

Dans la chambre à coucher, l'inspecteur Peck se tourna vers Dalgliesh : « Vous allez sûrement me dire que ce message de suicide n'est pas parfaitement convaincant. J'aurais tendance à vous approuver, mais allez expliquer ça au coroner. On vous a raconté l'histoire de la famille ?

— En partie. J'ai entendu parler de l'apothéose du grand-père.

— Il n'a pas été le seul. Les Harkerville éprouvent manifestement une vive aversion pour la mort naturelle. Leurs existences sont tellement ordinaires qu'ils veillent à y mettre fin de façon spectaculaire. Y a-t-il quelque chose qui vous ait particulièrement frappé dans cette petite comédie ?

— J'ai relevé un certain nombre de bizarreries, inspecteur. S'il s'agissait d'un roman policier, vous pourriez l'intituler "Les douze indices de Noël". J'ai dû me livrer à une certaine gymnastique mentale pour arriver à douze, mais le chiffre m'a paru opportun.

— Trêve de plaisanteries, mon garçon. Venons-en au fait.

— Ce prétendu message de suicide tout d'abord. J'y verrais volontiers la dernière page d'une lettre adressée à un ou plusieurs membres de la famille. Initialement, la feuille avait été pliée en deux pour pouvoir être glissée dans une enveloppe. Le verso est légèrement roussi. Quelqu'un a essayé d'effacer les plis au fer à repasser. Ce n'est pas une parfaite réussite ; on distingue encore deux faibles marques. S'y ajoute sa teneur même. Ce Noël devait être le dernier de Harkerville. Or ce texte donne à penser qu'il s'apprêtait à subir la cuisine de Gertrude une ultime fois. Alors pourquoi s'être donné la mort la veille de Noël ?

— Il a pu changer d'avis. Ce sont des choses qui arrivent. Selon vous, que signifie cette note ?

— Qu'il avait l'intention de partir d'ici, peut-être pour l'étranger. J'ai trouvé un petit morceau de carton dans l'âtre, avec un fragment de tête de licorne. On ne distingue plus que la corne. Pour moi, on a fait brûler son passeport, peut-être pour dissimuler qu'il venait de le renouveler. Il devait y avoir également d'autres documents de voyage, mais la famille les aura brûlés avec l'essentiel de ses papiers personnels. S'y ajoute ce fragment de lettre à demi calciné. On pourrait y voir une demande d'argent, mais je ne crois pas que ce soit le cas. Voyez le "e", inspecteur. Les huit cents livres étaient sans doute précédées d'autres chiffres. Supposons par exemple que le texte ait été : "quatre cent mille huit cents livres représentent un montant assez raisonnable vu la superficie du terrain". Cette lettre aurait pu lui avoir été adressée par un agent immobilier. Peut-être avait-il l'intention de vendre le manoir, d'ajouter ce qu'il en tirerait à sa fortune existante et de dire définitivement adieu à cet endroit.

— Une escapade au soleil ? Possible. Et sa chérie qui l'attendait ?

— Elle l'attendait peut-être, mais sur la Costa Brava, pas au paradis. Vous devriez jeter un coup d'œil à la chambre de la bonne, inspecteur. La penderie ne contient plus rien qui vaille quelque chose et tout un tas de vieilles nippes ont été jetées sans cérémonie dans la corbeille à papier. À l'heure qu'il est, Mavis est sans doute au soleil à guetter un appel du vieillard de son cœur, rêvant de quelques années de luxueuse vie commune à se faire bichonner, avant de passer le restant de ses jours en riche veuve. Voilà peut-être pourquoi il prenait la peine de s'enduire d'onguent capillaire. Plutôt pathétique, en fait.

— Vous ne deviendrez jamais inspecteur, mon garçon, si vous ne bridez pas votre imagination. Quant à la fille, elle habite au village. Nous pouvons facilement vérifier si elle est chez elle.

— Trois indices jusqu'à présent, reprit Adam : le message roussi, le passeport à moitié brûlé, le fragment de lettre. S'ajoute l'onguent. Pourquoi se soucier de se pommader la tête quand on s'apprête à se suicider ?

— Une habitude, peut-être. Les candidats au suicide n'agissent pas toujours rationnellement. Après tout, le suicide est en soi un geste complètement irrationnel. Pourquoi choisir la solution qui interdit définitivement toutes les autres ? Je vous accorde toutefois qu'il est un peu curieux qu'il se soit couvert d'onguent.

— Et il n'y est pas allé de main morte, inspecteur. Indice numéro quatre : l'oreiller taché. La rigidité s'installait à peine quand je l'ai vu pour la première fois, et j'ai soulevé sa tête. L'oreiller était tout poisseux d'onguent, bien plus que le chapeau en papier. Ce dernier a dû être posé sur sa tête après la mort. Et puis, le cracker. S'il a été ouvert ici, dans la chambre, où est le petit jouet qui se trouvait à l'intérieur ? La devinette est encore dans l'emballage, pas le cadeau.

— Vous n'êtes pas le seul à faire des recherches, observa l'inspecteur Peck. J'ai demandé à la famille de sortir de la cuisine un moment et d'aller s'installer au salon. Voici ce que j'ai trouvé sous le buffet. » Il fourra la main dans sa poche et en sortit une enveloppe de plastique scellée. Elle contenait une broche tapageuse bon marché. « Nous allons vérifier auprès des fabricants, mais sa provenance ne fait guère de doute. Dieu sait pourquoi ils n'ont pas ouvert le pétard dans la chambre. Il y a des gens superstitieux qui hésitent à faire du bruit en présence des morts. Je vous accorde l'Indice du Pétard de Noël, sergent.

— Et l'Indice de la Fausse Cuisinière, inspecteur ? Pourquoi Harkerville aurait-il demandé à son neveu de passer une annonce pour trouver une remplaçante à sa domestique habituelle ? Il est connu pour être pingre, un vrai grippe-sou, et le fameux message révèle clairement que c'était habituellement

Gertrude qui concoctait ces repas de Noël indigestes. Pour moi, Mrs Dagworth n'est pas arrivée hier soir, mais ce matin, pour qu'elle puisse témoigner avoir entendu ouvrir le cracker juste après neuf heures et donner un alibi aux autres. Si elle était venue avec eux dès hier, comme ils le prétendent, pourquoi sa valise est-elle posée, encore fermée, sur le lit de sa chambre ? Elle a par ailleurs affirmé que le message était de la main de Harkerville. Qu'en sait-elle ? C'est Helmut Harkerville qui dit l'avoir embauchée, pas son oncle. Autre chose encore : vous avez vu la pagaille qui règne dans cette cuisine. Quand elle nous a préparé du thé et a sorti les vieux biscuits du buffet, elle savait exactement où se trouvait ce qu'elle cherchait. Elle connaît cette cuisine comme sa poche.

— Selon vous, elle serait arrivée quand ?

— Par le car de ce matin. Après tout, il fallait éviter que Cuthbert Harkerville la voie. Ce n'est certainement pas la première fois qu'elle vient ici. À mon avis, la famille est allée la chercher à Saxmundham. La voiture est peut-être en panne à présent, néanmoins à mon arrivée, j'ai remarqué deux séries de traces de pneus parfaitement nettes à la lumière de mes phares. La neige les a effacées maintenant, mais elles étaient tout à fait visibles.

— Dommage que vous n'ayez pas pu les préserver. En tant que preuve, elles ne nous sont plus d'aucune utilité. Évidemment, vous ne pouviez pas savoir à ce moment-là qu'il s'agissait d'une mort suspecte. Je vous accorde deux indices pour la fausse cuisinière. Un peu risqué quand même, non, de se mettre ainsi à la merci d'une étrangère ? Pourquoi ne pas faire tout ça en famille ?

— À mon avis, c'est ce qu'ils ont fait. Si vous faites l'expérience de vous adresser à Mrs Dagworth en l'appelant Mrs Helmut Harkerville, je serais surpris qu'elle ne réagisse pas. Pas étonnant qu'elle soit aussi revêche. Elle n'apprécie certainement pas d'avoir à servir les autres.

— Bien, poursuivez, sergent. Nous n'en sommes pas encore à douze.

— Le houx, inspecteur. La tige est très épineuse. Il n'y a pas de houx dans cette chambre. Quelqu'un a donc dû le prendre en bas, sans doute dans le vestibule. Si c'était Cuthbert

Harkerville, comment a-t-il pu éviter de se piquer les doigts, soit en le portant, soit en le glissant à sa boutonnière ? Par ailleurs, il n'y a pas trace d'onguent sur la tige.

— Il a pu placer la branche de houx avant de se badigeonner le crâne avec cette cochonnerie.

— Mais serait-elle restée en place ? La boutonnière est très lâche. À mon avis, elle a été glissée là après sa mort. Peut-être serait-il judicieux de demander à la fausse cuisinière pourquoi elle a le doigt bandé ? Un point pour le houx, inspecteur ?

— C'est justifié, je l'admets. Je reconnais que le houx aurait dû être poisseux si Harkerville l'avait glissé à sa boutonnière après s'être appliqué l'onguent. Très bien, sergent, je pense savoir de quoi vous allez me parler maintenant. Nous ne sommes pas complètement bouchés au CID du Suffolk, vous savez. Je suppose que vous le baptiserez l'Indice du Pudding de Noël ?

— Le choix me paraît indiqué, inspecteur. L'examen du pudding — une préparation d'une pâleur peu appétissante, si vous voulez mon avis — révèle qu'on en a arraché une portion sur le dessus, au lieu d'en découper une tranche. Quelqu'un y a mis la main. Si cette main était celle de Cuthbert Harkerville, pourquoi n'a-t-il pas de pudding sur les ongles ? La seule trace de pudding a été relevée dans sa paume droite. Quelqu'un a barbouillé celle-ci de pudding après sa mort. C'était une erreur stupide, mais dans l'ensemble, les Harkerville me paraissent plus ingénieux qu'intelligents. Je me demande si le dernier indice n'est pas le plus probant. À en juger par le degré de rigidité cadavérique, il a dû mourir entre huit et neuf heures, tôt le matin en tout cas. Je suppose que la famille a versé une copieuse dose de somnifères dans la Thermos de café noir, sachant que les comprimés seraient mortels s'ils étaient absorbés avec un généreux supplément de whisky. Et puis, pourquoi les cendres étaient-elles encore tièdes dans l'âtre quand je les ai examinées huit heures plus tard ? Et surtout, où sont les allumettes ? Ce qui, si mon compte est exact, porte le nombre d'indices à douze, comme de juste.

— Je vous crois sur parole, sergent. Dieu sait comment j'ai pu me laisser entraîner dans cette absurdité arithmétique. Nous avons une douzaine de questions. Voyons si nous pouvons obtenir quelques réponses. »

Les Harkerville étaient à la cuisine, installés autour de la grande table centrale, l'air abattu. La cuisinière était assise avec eux mais, comme pour montrer que cette familiarité était exceptionnelle, elle bondit sur ses pieds à leur arrivée. L'attente avait eu l'effet escompté sur la famille. Adam constata que l'inspecteur Peck et lui étaient désormais en présence de quatre individus effrayés. Seul Helmut chercha à dissimuler son angoisse sous des fanfaronnades.

« Nous attendons vos explications, inspecteur. J'exige que l'on procède immédiatement à la toilette du corps de mon oncle, qu'il soit enlevé et qu'on laisse la famille tranquille. »

Sans lui répondre, Peck s'adressa à la cuisinière. « Vous semblez connaître étonnamment bien cette cuisine, Mrs Dagworth. Peut-être pourriez-vous également nous expliquer pourquoi, puisque vous prétendez être arrivée hier soir, votre valise se trouve encore sur votre lit, fermée, et comment vous pouvez savoir que le message de suicide était bien de la main du défunt ? »

Bien que posées avec douceur, ces questions eurent un effet plus spectaculaire qu'Adam ne l'aurait imaginé. Gertrude se tourna vers la cuisinière en hurlant : « Quelle imbécile, alors ! Tu ne peux donc rien faire sans tout gâcher ? C'est comme ça depuis que tu as mis les pieds dans cette famille ! »

Soucieux d'éviter le pire, Helmut Harkerville intervint d'une voix forte : « Ça suffit. Ne répondez à aucune question. Je demande à voir mon avocat.

– C'est votre droit, en effet, acquiesça l'inspecteur Peck. En attendant, peut-être auriez-vous la bonté de m'accompagner tous les quatre au poste. »

Tandis que se poursuivaient protestations, accusations et contre-accusations, Adam prit discrètement congé de l'inspecteur et laissa les Harkerville entre ses mains. Il baissa la capote de sa voiture et se dirigea dans un grand souffle d'air purificateur vers le gémissement régulier et grandissant de la mer du Nord.

Si Miss Dalgliesh n'avait rien contre le métier de son neveu, estimant parfaitement justifié que les assassins soient arrêtés, elle préférait ne pas se pencher de trop près sur la procédure. Ce soir-là, cependant, la curiosité eut le dessus. Pendant qu'Adam l'aidait à porter sur la table le bœuf bourguignon et la salade d'hiver, elle observa : « J'espère que ta soirée n'a pas été interrompue pour rien. L'affaire est-elle réglée ? Qu'en as-tu pensé ?

– Ce que j'en ai pensé ? » Adam prit le temps de réfléchir. « Ma chère tante Jane, je ne crois pas que je rencontrerai jamais une autre affaire de ce genre. C'était du pur Agatha Christie. »

L'héritage Boxdale

« Vois-tu, mon cher Adam, expliqua aimablement le chanoine en déambulant avec le commandant Dalgliesh sous les ormes du presbytère, bien que nous puissions évidemment faire bon usage de ce legs, il me serait impossible de l'accepter le cœur léger en sachant que Grand-Tante Allie est entrée en possession de cette fortune par des moyens douteux. »

Ce que le chanoine voulait dire, c'était que sa femme et lui éprouveraient quelques scrupules à toucher les cinquante mille livres de l'héritage de Grand-Tante Allie si, soixante-sept ans plus tôt, celle-ci avait administré de l'arsenic à son vieux mari pour mettre la main dessus. Dans la mesure où Grand-Tante Allie avait été accusée de ce crime précis avant d'en être acquittée à l'issue d'un procès qui s'était tenu en 1902, un événement sensationnel qui avait rivalisé aux yeux de ses voisins du Hampshire avec les cérémonies du couronnement, les hésitations du chanoine n'étaient pas entièrement infondées. Certes, songea Dalgliesh, devant la possibilité d'empocher cinquante mille livres, la plupart des gens ne demanderaient qu'à approuver l'idée conventionnelle voulant que la vérité ait été définitivement établie dès lors qu'un tribunal britannique avait rendu son jugement. Peut-être existait-il une juridiction supérieure dans l'autre monde, mais certainement pas ici-bas. Voilà ce que Hubert Boxdale aurait normalement dû se contenter de croire. Pourtant, face à la perspective d'une fortune inattendue, sa conscience inflexible était troublée. La voix douce mais obstinée reprit : « Abstraction faite de tout principe moral, accepter de l'argent suspect ne nous apporterait pas le bonheur. Je pense souvent à cette pauvre femme, parcourant sans trêve l'Europe à la recherche d'un peu de paix, à cette vie solitaire et à cette mort malheureuse. »

Dalgliesh se rappelait que Grand-Tante Allie se déplaçait selon un parcours parfaitement balisé, en compagnie d'une cohorte de domestiques, de son amant du jour et d'une bande de parasites, d'un palace de la Côte d'Azur à l'autre, ponctuant ses voyages de séjours à Paris ou à Rome au gré de son humeur. Il n'était pas convaincu que ce programme méthodique alliant confort et divertissements puisse être dépeint comme une course éperdue à travers l'Europe, ni que la priorité de la vieille dame ait été de trouver la paix. Elle avait péri, se rappelait-il, en passant par-dessus bord alors qu'elle se trouvait sur le yacht d'un millionnaire à l'occasion d'une fête extravagante donnée pour ses quatre-vingt-huit ans. Il ne s'agissait peut-être pas d'une mort édifiante aux yeux du chanoine, mais Dalgliesh avait peine à croire qu'elle ait été foncièrement malheureuse en cet instant. En admettant qu'elle ait été en mesure de concevoir une pensée cohérente, Grand-Tante Allie (il lui était décidément impossible de penser à elle sous tout autre nom) aurait certainement estimé que c'était une excellente façon de tirer sa révérence.

Bien sûr, il ne pouvait pas décemment exposer cette opinion à son interlocuteur.

Le chanoine Hubert Boxdale était le parrain d'Adam Dalgliesh. Le père de Dalgliesh avait été son contemporain à Oxford et son ami de toujours. Il avait été un parrain admirable : affectueux, indulgent, plein d'une sincère sollicitude. Quand Dalgliesh était enfant, il n'avait jamais oublié son anniversaire et avait su comprendre les préoccupations et les désirs d'un petit garçon avec une remarquable imagination.

Dalgliesh l'aimait beaucoup et le rangeait parmi les rares hommes réellement bons qu'il eût connus. Il s'étonnait seulement que le chanoine ait réussi à résister jusqu'à soixante et onze ans dans un monde impitoyable où la douceur, l'humilité et la simplicité prédisposent mal à la survie, et plus mal encore au succès. En un sens, sa bonté l'avait protégé. Devant une innocence aussi flagrante, même ceux qui l'exploitaient, et ils n'étaient pas rares, lui manifestaient l'attitude vaguement protectrice et compatissante qu'on peut avoir à l'égard d'êtres légèrement demeurés.

« Ce cher homme, disait ainsi sa femme de ménage en empochant le salaire de six heures de travail alors qu'elle n'en avait fait que cinq et en subtilisant deux œufs dans son réfrigérateur, on ne peut vraiment pas le laisser seul. » Dalgliesh, alors jeune inspecteur légèrement moralisateur, avait été fort surpris de constater que le chanoine n'ignorait rien ni des horaires surévalués ni des œufs subtilisés. Il estimait simplement que Mrs Copthorne, qui avait à sa charge cinq enfants et un mari paresseux, en avait plus besoin que lui. Il savait également que s'il se mettait à lui payer cinq heures, elle n'en ferait bientôt plus que quatre et le délesterait de deux œufs supplémentaires, et se disait qu'après tout cette unique et bénigne malhonnêteté était sans doute indispensable à son amour-propre. Il était bon. Mais il n'était pas idiot.

Si sa femme et lui étaient pauvres, ils n'étaient pas malheureux ; c'était au demeurant un adjectif impossible à associer au chanoine. La mort de ses deux fils au cours de la Seconde Guerre mondiale l'avait attristé, sans le détruire. Cela ne l'empêchait pas d'avoir des soucis. Sa femme souffrait de sclérose en plaques et sa vie était de plus en plus difficile. Elle aurait bientôt besoin de certaines commodités et d'un minimum d'équipement. Il était sur le point de prendre une retraite tardive et sa pension serait modeste. Un legs de cinquante mille livres leur permettrait de vivre tous les deux dans le confort jusqu'à leur dernier jour et leur donnerait aussi, Dalgliesh n'en doutait pas, le plaisir de pouvoir en faire davantage pour leurs divers éclopés. En fait, pensait-il, le chanoine était un candidat si méritant à une petite fortune que c'en était presque gênant. Pourquoi ce cher vieux nigaud ne pouvait-il pas accepter cet argent et cesser de se tracasser ? Il dit alors, non sans une certaine fourberie : « Souvenez-vous que Grand-Tante Allie a été déclarée non coupable par un jury britannique. Et que tout cela s'est passé il y a presque soixante-dix ans. Ne pouvez-vous donc pas vous résoudre à accepter ce jugement ? »

Mais l'esprit scrupuleux du chanoine était parfaitement imperméable à ce genre d'insinuations subtiles. Dalgliesh songea qu'il aurait dû se rappeler que, petit garçon, il avait pris la mesure de l'implacabilité de la conscience d'Oncle Hubert – elle lui servait de sonnette d'alarme et, contrairement à la plupart des gens, il ne faisait jamais comme si elle n'avait pas tinté, comme s'il ne l'avait pas entendue ou comme si, l'ayant entendue, il ne pouvait que conclure que son mécanisme était déréglé.

« Oh, je l'ai parfaitement accepté, tant qu'elle a été en vie. Nous ne nous sommes plus vus après la mort de mon grand-père, tu sais. Je ne voulais pas m'imposer. Après tout, c'était une femme riche. Mon grand-père avait révisé son testament quand il l'avait épousée et lui avait laissé tout ce qu'il possédait. Nos modes de vie étaient très différents. J'avais toutefois coutume de lui écrire une lettre à Noël et elle m'envoyait une carte en réponse. Je voulais rester en contact avec elle – je me disais qu'un jour peut-être elle aurait envie de se confier à quelqu'un et se rappellerait alors que je suis prêtre. »

Pourquoi en aurait-elle eu envie ? se demanda Dalgliesh. Pour apaiser sa conscience ? Était-ce ce que ce cher chanoine avait en tête ? Sans doute avait-il éprouvé des doutes dès le début. Comment aurait-il pu en être autrement ? Dalgliesh connaissait un peu l'histoire, et le sentiment partagé par la famille et ses amis était que Grand-Tante Allie avait eu une chance incroyable d'échapper au gibet.

L'opinion de son propre père, exprimée avec un mélange de réserve, de répugnance et de compassion, n'avait guère différé pour l'essentiel de celle qu'avait donnée un journaliste local à l'époque : « Comment diantre pouvait-elle espérer s'en sortir ? Si vous voulez savoir ce que je pense, elle a eu une veine d'enfer de ne pas finir la tête coupée. »

« Vous ne vous attendiez pas du tout à cet héritage ? demanda Dalgliesh au chanoine.

– Non, absolument pas. Je ne l'ai vue qu'une fois dans ma vie, à l'occasion de ce premier et unique Noël, six semaines après son mariage, lors de la mort de mon grand-père. Nous l'appelons toujours Grand-Tante Allie, alors qu'en fait, comme tu le sais, elle avait épousé mon grand-père. Mais je n'ai jamais pu la considérer comme ma belle-grand-mère.

« Toute la famille s'était retrouvée comme chaque année à Colebrook Croft. J'étais venu avec mes parents et mes deux petites sœurs, les jumelles. J'avais à peine quatre ans, et mes sœurs venaient d'avoir huit mois. Je n'ai aucun souvenir de mon grand-père ni de sa femme.

Après le meurtre – s'il faut employer ce mot effroyable –, ma mère est repartie avec nous, les enfants, laissant mon père se charger de la police, des notaires et de la presse. Ça a été une période très dure pour lui. Il me semble qu'on ne m'a appris la mort de mon grand-père qu'un an plus tard. Ma vieille nounou, Nellie, à qui mes parents avaient donné congé à Noël pour qu'elle puisse retourner dans sa propre famille, m'a raconté que peu après être rentré chez nous, je lui avais demandé si, à présent, Grand-père resterait à jamais jeune et beau. La pauvre femme y a vu une sorte de prémonition, un signe de piété infantile. La malheureuse Nellie était, je le crains, aussi superstitieuse que sentimentale. En réalité, j'ignorais tout de la mort de Grand-père à l'époque et je ne garde absolument aucun souvenir de ce séjour de Noël ni de ma nouvelle belle-grand-mère. Grâce à Dieu, j'étais encore presque un bébé lorsque ce meurtre a été commis.

— Elle était artiste de music-hall, c'est ça ?

— Oui, extrêmement douée qui plus est. Mon grand-père avait fait sa connaissance dans une salle de Cannes où elle se produisait avec un partenaire. Des raisons de santé l'avaient conduit dans le midi de la France avec son domestique. Si je me souviens bien, elle faisait un numéro de prestidigitation au cours duquel elle lui a subtilisé sa montre en or en la détachant de sa chaîne et, quand il s'est manifesté pour la réclamer, elle lui a annoncé qu'il était anglais, qu'il avait récemment souffert de maux d'estomac, qu'il avait deux fils et deux filles et devait s'attendre à une merveilleuse surprise. Tout était parfaitement exact, à ceci près que sa fille unique était morte en couches en lui laissant une petite-fille, Marguerite Goddard.

— J'imagine que l'accent et l'apparence de Boxdale ne rendaient pas cela très difficile à deviner, commenta Dalgliesh. Et je ne peux que supposer que la surprise était leur mariage. C'est bien cela ?

— Pour une surprise, ce fut une surprise, crois-moi, et fort désagréable pour la famille. Il est facile de critiquer le snobisme et les conventions d'un autre âge et, de fait, l'Angleterre édouardienne présentait bien des aspects déplorables, mais cette union n'était pas placée sous d'heureux auspices. Je songe à la différence de milieu, d'éducation, de mode de vie, à l'absence d'intérêts communs. Sans compter la différence d'âge. La jeune fille que Grand-père avait épousée avait exactement trois mois de moins que sa propre petite-fille. Je comprends que la famille ait été pour le moins soucieuse et ait jugé que pareille union ne pouvait contribuer durablement à la satisfaction ni au bonheur de l'un ou l'autre des conjoints. »

Quelle manière charitable de présenter les choses ! songea Dalgliesh. Indéniablement, ce mariage n'avait apporté le bonheur à personne et, aux yeux de la famille, c'était une catastrophe. Il se rappelait avoir entendu une anecdote à propos de la première visite du pasteur local et de son épouse, un couple qui avait au demeurant dîné à Colebrook Croft le soir du crime. Le vieil Augustus Boxdale leur avait, semble-t-il, présenté sa nouvelle épouse en ces termes : « Voici la plus jolie artiste de variétés du métier. Elle m'a délesté d'une montre en or et de mon portefeuille sans me laisser le temps de dire ouf. Elle aurait dérobé l'élastique de mon caleçon si je n'y avais pris garde. Ce qui ne l'a pas empêchée de me voler mon cœur, n'est-ce pas, ma chérie ? »

Le tout accompagné d'une bonne claque sur la croupe suivie du piaillement ravi de la jeune personne, laquelle avait promptement fait la démonstration de son talent en extirpant le trousseau de clés du révérend Arthur Venables de son oreille gauche.

Dalgliesh jugea préférable de ne pas rappeler cette histoire au chanoine.

« Que puis-je faire pour vous ? demanda-t-il.

— J'ai bien conscience que je t'en demande beaucoup, tu es tellement occupé. Mais si je te savais convaincu de l'innocence de Grand-Tante Allie, j'accepterais ce legs avec joie. Je me demandais s'il ne te serait pas possible de consulter les archives du procès. Tu y trouverais peut-être des indices. Tu es vraiment fort pour ce genre de choses. »

Il parlait sans volonté de flatter, mais avec un étonnement innocent devant les étranges vocations des hommes. Dalgliesh était effectivement fort pour ce genre de choses. Une bonne dizaine d'occupants des quartiers de haute sécurité des prisons de Sa Majesté auraient pu témoigner des compétences du commandant Dalgliesh, ainsi, en réalité, qu'une poignée d'hommes qui se promenaient en liberté et avaient eu la chance d'avoir des avocats aussi redoutables, à leur manière, que le commandant Dalgliesh. Mais le réexamen d'une affaire vieille de plus de soixante ans exigeait un don de voyance plus que des compétences. Le juge et les deux éminents avocats du procès avaient quitté ce monde depuis plus de cinquante ans. Deux guerres mondiales avaient prélevé leur tribut. Quatre règnes s'étaient écoulés. Il y avait fort à parier que, de tous ceux qui avaient séjourné à Colebrook Croft en cette nuit fatidique du 26 décembre 1901, seul le chanoine était encore vivant. Mais le vieil homme était troublé, il lui demandait de l'aide et Dalgliesh, qui avait encore quelques jours de congé à prendre, était en mesure de la lui accorder.

« Je ferai ce que je peux », promit-il.

Même pour un commandant de la Metropolitan Police, obtenir la copie des actes d'un procès qui s'était tenu soixante-sept ans plus tôt n'était pas une mince affaire et prit un certain temps. Le dossier ne contenait pas grand-chose de propre à rasséréner le chanoine. Le juge Bellows avait présenté les faits avec la simplicité bienveillante qu'il affichait communément pour s'adresser aux jurés, qu'il considérait manifestement comme un groupe d'enfants bien intentionnés mais demeurés. Et les faits étaient accessibles à l'entendement de n'importe quel enfant. Une partie de sa récapitulation les exposait clairement :

« Nous en arrivons maintenant, messieurs les jurés, à la nuit du 26 décembre. M. Augustus Boxdale, qui avait peut-être commis quelques excès le jour de Noël, s'était retiré après le déjeuner et était allé s'allonger dans son dressing, se plaignant d'un nouvel accès des légers troubles digestifs qui l'avaient tourmenté pendant l'essentiel de sa vie. On vous a déjà dit qu'il avait déjeuné avec les membres de sa famille et n'avait rien mangé qu'ils n'eussent consommé, eux aussi. Vous conviendrez sans doute qu'il n'y avait rien à reprocher à ce déjeuner si ce n'est d'avoir été trop riche.

« Le dîner a été servi à huit heures tapantes, conformément aux habitudes de Colebrook Croft. Étaient présents à ce repas : Mrs Augustus Boxdale, épouse du défunt ; le fils aîné de celui-ci, le capitaine Maurice Boxdale et son épouse ; son fils puîné, le révérend Henry Boxdale et son épouse ; sa petite-fille, Miss Marguerite Goddard ; un couple de voisins, le révérend et Mrs Arthur Venables.

« Vous savez déjà que l'accusée n'a consommé que le premier plat du dîner, un ragoût de bœuf, et que vers huit heures vingt, elle a quitté la salle à manger pour aller rejoindre son mari. Peu après neuf heures, elle a sonné la servante, Mary Huddy, et a demandé qu'on monte à Mr Boxdale une jatte de gruau. Vous savez aussi que le défunt appréciait beaucoup le gruau, et effectivement, tel que le préparait Mrs Muncie, la cuisinière, il fait l'effet d'un plat tout à fait nourrissant pour un vieux monsieur à la digestion difficile.

« Vous avez entendu Mrs Muncie vous expliquer qu'elle avait préparé le gruau selon l'admirable recette de Mrs Beaton, en présence de Mary Huddy, dans l'éventualité, avait-elle dit, où "le maître pourrait en avoir envie à un moment où je ne suis pas disponible et où tu devrais t'en charger". Une fois le gruau préparé, Mrs Muncie l'a goûté à l'aide d'une cuiller et Mary Huddy l'a porté à la chambre à coucher de l'étage avec un pichet d'eau pour le délayer si Mr Boxdale le trouvait trop épais. Lorsqu'elle est arrivée devant la porte, Mrs Boxdale est sortie, les bras chargés de bas et de sous-vêtements. Elle vous a déclaré qu'elle avait l'intention de se rendre à la salle de bains pour les laver. Elle a demandé à la servante de poser la jatte de gruau sur la table de toilette, près de la fenêtre, ce que Mary Huddy a fait en sa présence. Miss Huddy nous a dit avoir remarqué à ce moment-là un bol d'eau dans lequel du papier tue-mouches avait été mis à tremper. Elle savait, a-t-elle précisé, que Mrs Boxdale se servait de cette solution comme lotion cosmétique. De fait, toutes les femmes qui ont passé cette soirée dans la maison, à l'exception de Mrs Venables, vous ont confirmé être informées que Mrs Boxdale avait l'habitude de préparer cette solution de papier tue-mouches.

« Mary Huddy et l'accusée sont sorties ensemble de la salle de bains et vous avez entendu le témoignage de Mrs Muncie affirmant que Miss Huddy avait regagné la cuisine après une absence de quelques minutes seulement. Peu après neuf heures, les dames ont quitté la salle à manger et se sont rendues au salon pour le café. À neuf heures quinze, Miss Goddard a demandé qu'on veuille bien l'excuser : elle voulait aller vérifier si son grand-père n'avait besoin de rien. L'heure a été établie avec précision parce que l'horloge a sonné le quart au moment de son départ et que Mrs Venables a fait un commentaire sur la douceur de son carillon. Vous avez également entendu le témoignage de Mrs Venables et celui de Mrs Maurice Boxdale et de Mrs Henry Boxdale affirmant qu'aucune des autres dames n'a quitté le salon de toute la soirée, et Mr Venables a attesté que les trois messieurs étaient restés ensemble jusqu'à ce que Miss Goddard vienne au bout d'environ trois quarts d'heure les informer que son grand-père était très malade et leur demander de faire immédiatement venir le médecin.

« Miss Goddard vous a dit que quand elle était entrée dans le dressing de son grand-père, il finissait son gruau et s'était plaint de son goût. Elle avait eu l'impression qu'il bougonnait surtout parce qu'il avait été privé de son dîner et ne jugeait pas vraiment le gruau mauvais. En tout cas, il l'avait presque fini et avait paru l'apprécier malgré ses récriminations.

« Vous avez entendu Miss Goddard ajouter qu'après que son grand-père eut mangé ce qu'il voulait du gruau elle a rapporté la jatte dans la chambre voisine et l'a posée sur la table de toilette. Puis elle est retournée auprès de son grand-père et Mr Boxdale, son épouse et sa petite-fille ont joué au whist pendant environ trois quarts d'heure.

« À dix heures, Mr Boxdale s'est plaint d'un violent malaise. Il a été pris de crampes intestinales, de nausées et de diarrhée. Dès que les symptômes sont apparus, Miss Goddard est descendue avertir ses oncles que son grand-père était très souffrant et leur demander de faire venir le Dr Eversley de toute urgence. Celui-ci vous a livré son témoignage. Il est arrivé à Colebrook Croft à dix heures et demie, heure à laquelle il a trouvé son patient au plus mal. Il a traité les symptômes et soulagé le vieux monsieur comme il le pouvait, mais Mr Augustus Boxdale s'est éteint peu avant minuit.

« Messieurs les jurés, vous avez entendu Miss Goddard vous dire que lorsque les souffrances de son grand-père se sont aggravées, elle a pensé au gruau et s'est demandé s'il aurait pu ne pas le digérer pour quelque raison. Elle a fait part de cette éventualité à l'aîné de ses oncles, le capitaine Maurice Boxdale. Celui-ci vous a dit avoir remis la jatte contenant le reste de gruau au Dr Eversley, en lui demandant de l'enfermer à clé dans un placard de la bibliothèque, de sceller la serrure et de garder la clé. On vous a dit que le contenu de la jatte avait été analysé par la suite et on vous a communiqué les résultats de cette analyse. »

Une précaution peu commune de la part du brave capitaine, songea Dalgliesh, et une jeune femme d'une remarquable perspicacité. Était-ce par hasard ou à dessein que la jatte n'avait pas été descendue à la cuisine pour être lavée dès que le vieil homme avait eu fini son repas ? Pourquoi, se demanda-t-il, Marguerite Goddard n'avait-elle pas sonné la servante pour lui demander de l'emporter ? Miss Goddard semblait être le seul autre suspect éventuel. Il regrettait de ne pas en savoir davantage à son sujet.

Il fallait bien convenir que hormis ces quelques protagonistes, le compte rendu du procès ne dessinait pas très clairement les personnages du drame. Mais pourquoi l'aurait-il fait ? La procédure accusatoire de la justice britannique est destinée à répondre à une unique question : l'accusé est-il coupable, « au-delà de tout doute raisonnable », du crime qu'on lui reproche ? L'analyse des nuances de personnalité, la spéculation et les rumeurs n'ont pas place à la barre des témoins. Les deux frères Boxdale paraissaient franchement ternes. En compagnie de leurs estimables et honorables épouses à la poitrine tombante, ils avaient dîné sans se quitter respectivement des yeux entre huit heures et neuf heures passées (un repas substantiel, ce dîner), comme ils l'avaient déclaré à la barre, en des termes plus ou moins identiques. Les poitrines des dames avaient pu se soulever sous l'effet de sentiments fort peu estimables d'hostilité, d'envie, de gêne ou de ressentiment à l'égard de l'intruse. Si tel avait été le cas, elles n'en avaient rien dit au tribunal.

Mais en admettant même qu'un inspecteur de l'époque ait pu imaginer l'éventuelle culpabilité de personnes aussi respectées et aussi éminemment respectables, les deux frères et leurs épouses étaient manifestement innocents.

Leurs alibis eux-mêmes présentaient une plaisante touche de distinction sociale et sexuelle. Le révérend Arthur Venables s'était porté garant des messieurs, son excellente épouse des dames. Et puis, quels motifs auraient-ils pu avoir ? La mort du vieux monsieur ne s'accompagnait pour eux d'aucun profit financier. Ils avaient même plutôt intérêt à ce qu'il reste en vie, pouvant espérer que les désillusions conjugales ou un retour au bon sens le persuaderaient de modifier son testament. Jusque-là, Dalgliesh n'avait rien appris qui pût lui permettre de donner au chanoine l'assurance souhaitée.

C'est alors qu'il pensa à Aubrey Glatt. Glatt était un riche criminologiste amateur qui avait entrepris l'étude de tous les célèbres cas d'empoisonnement de l'époque victorienne et édouardienne. Il ne s'intéressait à aucune affaire antérieure ou postérieure, étant aussi obsessionnellement attaché à sa période que tout historien sérieux, titre auquel il pouvait du reste prétendre. Il habitait une maison georgienne de Winchester – sa passion pour la période victorienne et édouardienne ne s'étendait pas jusqu'à son architecture – et·ne vivait qu'à cinq kilomètres de Colebrook Croft. Une visite à la Bibliothèque de Londres apprit à Dalgliesh qu'il n'avait pas consacré de livre à cette affaire, mais il était peu probable qu'il eût entièrement négligé un crime aussi proche de lui géographiquement et historiquement. Il était arrivé à Dalgliesh de lui rendre service en lui confiant quelques informations sur les détails techniques des procédures policières et en réponse à un appel téléphonique, Glatt se déclara fort heureux de pouvoir lui rendre la pareille et lui proposa de venir prendre le thé chez lui pour bavarder.

Ledit thé fut servi dans son élégant salon par une domestique coiffée d'un petit bonnet plissé à rubans. Dalgliesh se demanda quel salaire lui versait Glatt pour la persuader de le porter. Elle aurait pu jouer un rôle dans n'importe lequel de ses rêves victoriens préférés, et Dalgliesh songea avec un petit frisson que dans cette demeure, on servait peut-être de l'arsenic avec les canapés au concombre. Glatt grignota et se montra très loquace.

« Il est amusant que vous vous soyez pris de cet intérêt soudain et, si je puis me le permettre, quelque peu inexplicable pour l'affaire Boxdale ; figurez-vous que j'ai sorti mon carnet de notes à ce sujet pas plus tard qu'hier. Colebrook Croft doit être démoli pour laisser place à un lotissement et j'ai eu envie de m'y rendre une dernière fois. La famille ne l'occupe plus, bien sûr, depuis la guerre de 1914-1918. Architecturalement, la maison ne présente aucun intérêt, cependant sa disparition me chagrine. Nous pourrions y faire un saut après le thé si cela vous dit.

« Je n'ai jamais écrit l'ouvrage que j'avais eu l'intention de consacrer à cette affaire, vous savez. J'avais songé à un livre que j'aurais appelé *Le Mystère de Colebrook Croft*, ou bien *Qui a tué Augustus Boxdale ?* Mais la réponse était trop évidente.

— Aucun mystère, donc ? demanda Dalgliesh.

— Franchement, qui aurait pu faire le coup, sinon Allegra Boxdale ? Elle s'appelait Allegra Porter de son nom de jeune fille, vous le savez certainement. Pensez-vous que sa mère ait pu penser à Byron en la prénommant ainsi ? J'en serais surpris. À propos, vous trouverez une photo d'elle à la deuxième page de mon carnet, prise par un photographe de Cannes le jour de son mariage. La Belle et la Bête, voilà comment je l'appelle. »

Sur cette vieille photographie à peine passée, Grand-Tante Allie adressait à Dalgliesh un demi-sourire à presque soixante-dix ans de distance. Son visage large, marqué d'une grande bouche et d'un petit nez retroussé, était encadré par deux bandeaux de cheveux bruns remontés en chignon et couronnés, à la mode du temps, par un immense chapeau à fleurs. Les traits étaient trop grossiers pour qu'on pût parler de vraie beauté, mais les yeux étaient superbes, profondément enfoncés et largement écartés, le menton rond et déterminé. À côté de cette jeune amazone pleine de vitalité, le pauvre Augustus Boxdale, accroché à son épouse comme s'il avait besoin d'un soutien, campait une Bête minuscule et bien fragile. La pose était malheureuse. On aurait presque dit qu'elle s'apprêtait à le jeter par-dessus son épaule.

Glatt fit la moue. « Le visage d'une criminelle ? J'en ai connu de moins plausibles. Son avocat a laissé entendre, évidemment, que le vieil homme avait empoisonné lui-même son gruau durant le bref laps de temps où elle l'avait laissé à refroidir sur la table de toilette pendant qu'elle se rendait à la salle de bains. Pourquoi aurait-il fait cela ? Tout donne à penser qu'il était dans un état d'euphorie postnuptiale, ce pauvre vieux nigaud sénile. Notre cher Augustus n'était pas pressé de quitter ce bas monde, surtout par des moyens aussi douloureux. De plus, je ne suis pas certain qu'il ait su que le gruau avait été posé là. Il était couché à côté, dans son dressing, rappelez-vous.

— Et Marguerite Goddard ? demanda Dalgliesh. L'heure exacte à laquelle elle est entrée dans la chambre n'a pas été attestée de façon probante.

— Je me doutais que vous en viendriez là. Elle aurait pu arriver pendant que sa belle-grand-mère était dans la salle de bains, empoisonner le gruau, se cacher dans la chambre à coucher ou ailleurs en attendant qu'Augustus l'ait mangé, puis rejoindre son grand-père et son épouse comme si elle venait de gagner l'étage. C'est possible, je l'admets. Mais c'est peu probable. De toute la famille, c'était pour elle que le remariage de son grand-père présentait le moins d'inconvénients. Sa mère, qui était l'aînée des enfants d'Augustus Boxdale, était encore très jeune quand elle avait épousé un fabricant fortuné de produits pharmaceutiques. Elle était morte en couches et son mari ne lui avait survécu qu'un an. Marguerite Goddard était une riche héritière. Elle était également fiancée à un excellent parti, le très honorable capitaine John Brize-Lacey. Jeune, belle, ayant mis la main sur la fortune Goddard, sans parler des émeraudes Goddard, ainsi que sur le fils aîné d'un lord, Marguerite Goddard ne faisait pas une suspecte bien sérieuse. Il me semble que l'avocat de la défense, c'était Roland Gort Lloyd, rappelez-vous, a été bien avisé de ne pas chercher à l'impliquer.

— Une défense mémorable, j'imagine.

— Superbe. Il ne fait aucun doute que c'est à Gort Lloyd qu'Allegra Boxdale a dû d'avoir la vie sauve. Je me rappelle sa péroraison par cœur :

« "Messieurs les jurés, je vous conjure, au nom sacré de la Justice, de bien réfléchir à ce que qu'on vous demande de faire. Il est de votre responsabilité, à vous seuls, de décider du sort de cette jeune femme. Elle se tient devant vous, jeune, pleine de vitalité et de santé, avec devant elle la perspective de longues années regorgeant de promesses et d'espoirs. Il est en votre pouvoir de couper court à cette jeune existence comme vous décapiteriez une ortie d'un coup de canne. De la condamner à la lente torture de ces dernières semaines d'attente et à cette ultime marche atroce ; de déshonorer son nom ; de profaner ces quelques semaines de bonheur au côté de l'homme qui l'aimait si profondément ; et de la jeter dans l'obscurité définitive d'une tombe ignominieuse."

« Courte pause, pour ajouter à l'effet dramatique. Puis le crescendo de cette voix magnifique. "Et sur quelle preuve, messieurs ? Je vous le demande." Nouvelle pause. Puis le tonnerre. "Sur quelle preuve ?"

– Une défense puissante, convint Dalgliesh. Je me demande toutefois comment un juge et un jury modernes y réagiraient.

– Ma foi, elle a remporté un grand succès avec ce jury de 1902. Bien sûr, l'abolition de la peine de mort a privé les plaidoiries de leurs effets les plus dramatiques. Je ne suis pas certain non plus que l'allusion aux orties décapitées ait été du meilleur goût. Mais les jurés ont compris le message. Ils ont décidé qu'après tout ils préféraient ne pas prendre la responsabilité d'envoyer l'accusée au gibet. Il leur a fallu six heures pour rendre leur avis et celui-ci a été salué par quelques applaudissements. Je soupçonne pourtant que si l'on avait demandé à n'importe lequel de ces dignes citoyens de parier cinq livres de sa poche sur l'innocence de cette femme, les choses auraient pris une autre tournure. La présence d'Allegra Boxdale a aidé, c'est indéniable. Le Criminal Evidence Act, adopté trois années auparavant, a permis à Gort Lloyd de l'appeler à la barre des témoins. Elle n'était pas femme de théâtre pour rien. Et elle a su, je me demande encore comment, convaincre le jury qu'elle avait été sincèrement éprise du vieil homme.

— Peut-être l'était-elle, suggéra Dalgliesh. Elle n'avait sans doute pas connu beaucoup de bonté dans sa vie. Et c'était un homme bon.

— Sans doute, sans doute. Mais de là à l'aimer ! s'impatienta Glatt. Mon cher Dalgliesh ! C'était un vieillard de soixante-neuf ans, d'une exceptionnelle laideur ! Et elle, une jolie jeune fille de vingt et un ans ! »

Dalgliesh n'était pas convaincu que l'amour, cette passion iconoclaste, fût réceptif à des considérations arithmétiques aussi simples, mais il ne discuta pas. Glatt poursuivit : « L'accusation n'a pas pu mettre en évidence d'autre attachement sentimental. La police a réussi à dénicher son ancien partenaire, bien sûr. C'était un petit bonhomme chauve, rusé comme un renard, affublé d'une épouse plantureuse et de cinq enfants. Après leur rupture professionnelle, il était descendu sur la côte et travaillait désormais avec une autre fille. Il reconnut sans grande conviction qu'elle ne s'en tirait pas trop mal, merci messieurs, mais n'arriverait jamais à la cheville d'Allie, et que si Allie échappait à la corde et se cherchait un boulot, elle savait où aller. Il était flagrant, même aux yeux du policier le plus soupçonneux, que son intérêt était purement artistique. Pour reprendre ses propos : "Que pèsent un ou deux grains d'arsenic entre amis ?"

« Dans les années qui ont suivi le procès, les Boxdale n'ont pas eu de chance. Le capitaine Maurice s'est fait tuer en 1916. Il n'avait pas d'enfants. Quant au révérend Edward, il a perdu sa femme et leurs jumelles dans l'épidémie de grippe de 1918. Lui-même a vécu jusqu'en 1932. Le garçon, Hubert, est peut-être encore en vie, mais j'en doute. Ils n'ont jamais eu beaucoup de santé dans la famille.

« Mon plus grand exploit, soit dit en passant, a été de retrouver la trace de Marguerite Goddard. Je ne m'étais pas douté qu'elle était encore vivante. Elle n'a jamais épousé Brize-Lacey, ni personne d'autre, d'ailleurs. Celui-ci s'est distingué pendant la guerre de 1914-1918, en est revenu sain et sauf et a fini par épouser une jeune femme tout ce qu'il y a de bien, la sœur d'un officier qui avait été son compagnon d'armes. Il a hérité du titre en 1925 et est mort en 1953. Mais Marguerite Goddard est peut-être toujours de ce monde, pour autant que je le sache. Il n'est pas impossible qu'elle vive toujours dans le modeste hôtel de Bournemouth où je l'ai dénichée. Il est vrai que mes efforts ont été mal récompensés. Elle a refusé tout net de me voir. Voici le mot qu'elle m'a adressé, à propos. Tenez, là. »

Le papier était méticuleusement collé dans le carnet à sa place chronologique et soigneusement annoté. Aubrey Glatt était un chercheur dans l'âme ; Dalgliesh ne put s'empêcher de se demander si sa passion de l'exactitude n'aurait pas été plus gratifiante si elle s'était attachée à autre chose qu'à la documentation minutieuse d'homicides.

Le message était rédigé dans une élégante écriture droite, les traits noirs et très fins, mais distincts et d'une remarquable fermeté.

Miss Goddard transmet ses salutations à Mr Aubrey Glatt. Elle n'a pas assassiné son grand-père et n'a ni le temps ni l'envie de satisfaire sa curiosité en évoquant la personne qui l'a fait.

Aubrey Glatt conclut alors : « Après ce message franchement désobligeant, j'ai estimé inutile de poursuivre mon projet de livre. »

La passion de Glatt pour l'Angleterre édouardienne s'étendant manifestement à un domaine qui dépassait le crime, ils se rendirent sur les hauteurs de Colebrook Croft en empruntant les voies verdoyantes du Hampshire, dans une élégante Daimler 1910 qui les faisait ressembler, songea Dalgliesh, à Sherlock Holmes, avec lui-même dans le rôle subsidiaire de Watson.

« Nous arrivons juste à temps, mon cher Dalgliesh, remarqua Glatt à leur arrivée. Les engins de destruction sont sur les lieux. Cette boule suspendue à une chaîne me fait l'effet du globe oculaire de Dieu, prêt à frapper. Allons nous présenter aux artisans présents. Vous ne voudriez pas vous introduire sur place sans autorisation, je suppose ? »

Le travail de démolition n'avait pas encore commencé, mais l'intérieur de la maison avait été vidé et pillé ; les vastes salles leur renvoyaient l'écho de leurs pas comme une caserne austère et désertée au lendemain de la retraite finale. Ils passèrent de pièce en pièce, Glatt pleurant les splendeurs oubliées d'une époque qu'il était né trop tard pour avoir connue, Dalgliesh l'esprit fixé sur des préoccupations un peu plus immédiates et pragmatiques.

Le plan de la maison était simple et conventionnel. Le premier étage, où se trouvaient la plupart des chambres à coucher, présentait un long couloir courant tout le long de la façade. La chambre principale se trouvait à l'extrémité sud, ses deux grandes fenêtres offrant une vue lointaine sur le clocher de la cathédrale de Winchester. Une porte de communication donnait sur un petit dressing.

Le mur du couloir principal était percé d'une rangée de quatre grandes fenêtres identiques. Les embrasses de cuivre et les anneaux de bois avaient été retirés (c'étaient des objets de collection désormais), mais les cantonnières alambiquées étaient encore en place. Les fenêtres avaient dû être encadrées de paires de lourdes tentures permettant à quiconque souhaitait échapper aux regards de se dissimuler aisément. Et Dalgliesh nota avec intérêt qu'une des fenêtres était située juste en face de la porte de la chambre à coucher conjugale. Au moment où, après qu'ils eurent quitté Colebrook Croft, Glatt l'avait déposé à la gare de Winchester, Dalgliesh avait déjà commencé à échafauder une théorie.

Il lui fallait à présent retrouver Marguerite Goddard, si elle était encore en vie, ce qui nécessita presque une semaine de recherches épuisantes, un jeu de piste exaspérant le long de la côte sud, d'hôtel en hôtel. Presque partout, ses questions éveillaient une hostilité défensive. C'était l'histoire habituelle d'une très vieille dame devenue plus exigeante, plus arrogante et plus excentrique à mesure que sa santé et sa fortune déclinaient : un embarras indésirable pour les hôteliers comme pour les autres clients. Les établissements étaient tous modestes, certains même presque sordides. Qu'était devenue, se demanda-t-il, la légendaire fortune des Goddard ?

Il apprit par sa dernière logeuse que Miss Goddard avait été souffrante, franchement malade même, et avait été transférée six mois auparavant à l'hôpital régional. Ce fut là qu'il la trouva.

L'infirmière en chef était étonnamment jeune, menue, les cheveux bruns, avec un visage fatigué et un regard provocant.

« Miss Goddard est très malade. Nous l'avons mise dans une des chambres latérales. Vous êtes de la famille ? Dans ce cas, vous êtes le premier à avoir pris la peine de venir la voir et vous avez de la chance d'arriver à temps. Quand elle délire, elle semble attendre la visite d'un certain capitaine Brize-Lacey. Ce ne serait pas vous, par hasard ?

— Le capitaine Brize-Lacey ne viendra pas. Non, je ne suis pas de la famille. Elle ne me connaît même pas. J'aimerais malgré tout la voir si elle n'est pas trop souffrante et si elle accepte de me recevoir. Pourriez-vous, je vous prie, lui remettre ce message ? »

Il ne pouvait pas s'imposer à une femme mourante et sans défense. Elle avait encore le droit de refuser. Il craignait qu'elle ne veuille pas lui parler. Le cas échéant, il ne saurait peut-être jamais la vérité. Il écrivit quelques mots sur la dernière page de son agenda, les signa, déchira le feuillet, le plia et le tendit à l'infirmière.

Celle-ci revint très rapidement.

« Elle veut bien vous voir. Elle est faible, bien sûr, et très âgée, mais elle est parfaitement lucide en ce moment. Ne la fatiguez pas, je vous en prie.

— J'essaierai de ne pas rester trop longtemps. »

La jeune fille rit.

« Ne vous en faites pas. Elle vous mettra dehors dès qu'elle en aura assez. L'aumônier et la bibliothécaire de la Croix-Rouge en ont vu des vertes et des pas mûres avec elle. Troisième chambre, à gauche. Il y a un tabouret sous le lit si vous voulez vous asseoir. Une sonnerie vous avertira de la fin des heures de visite. »

Elle s'éloigna, très affairée, le laissant trouver son chemin seul. Le couloir était plongé dans le silence. Tout au bout, par la porte ouverte sur la grande salle commune, il aperçut les strictes rangées de lits, chacun avec sa courtepointe bleu pâle, l'éclat vif des fleurs sur certaines tables, et les visiteurs chargés qui se faufilaient, par couples, jusqu'au chevet des malades. On entendait un faible bourdonnement de bienvenue, un brouhaha tamisé de conversations. Mais aucun visiteur ne s'aventurait vers les chambres latérales. Ici, dans le silence du couloir aseptisé, Dalgliesh sentit l'odeur de la mort.

La femme adossée à ses oreillers dans la troisième pièce à gauche n'avait plus apparence humaine. Elle était allongée, raide, ses longs bras disposés comme des bâtons sur le couvre-lit. C'était un squelette recouvert d'une fine membrane de chair sous la transparence jaunâtre de laquelle les tendons et les veines se dessinaient aussi distinctement que sur un modèle d'anatomie. Elle était presque chauve, et son crâne bombé sous un rare duvet était fragile et vulnérable comme celui d'un enfant. Seuls les yeux contenaient encore de la vie et brûlaient d'une vitalité animale dans leurs orbites creuses. Quand elle parla, cependant, sa voix était claire et ferme, évoquant, comme son aspect n'aurait pu le faire, le souvenir d'une jeune femme impérieuse.

Tenant en main son message, elle en lut tout haut une courte phrase.

« *C'était l'enfant.* Vous avez raison, évidemment. Le petit Hubert Boxdale, quatre ans, a tué son grand-père. Vous avez signé Adam Dalgliesh. Aucun Dalgliesh n'a pourtant été mêlé à cette affaire.

— Je travaille à la Metropolitan Police. Mais je ne suis pas ici à titre officiel. J'ai eu connaissance de ce cas par un ami très cher, voilà un certain nombre d'années déjà. Ma curiosité naturelle me porte à vouloir connaître la vérité. Et j'ai échafaudé une théorie.

— J'imagine que maintenant, comme ce pédant d'Aubrey Glatt, vous avez l'intention d'écrire un livre ?

— Non. Je n'en parlerai à personne. Je vous le promets. »

La voix de la vieille dame était ironique.

« Merci. Je suis mourante, monsieur. Je ne vous dis pas cela pour susciter une compassion dont je n'ai ni envie ni besoin et qu'il serait impertinent de votre part de m'offrir, mais pour vous expliquer pourquoi peu m'importe à présent ce que vous dites ou faites. Cependant, je possède, moi aussi, une curiosité naturelle. Votre message était astucieusement destiné à l'éveiller. J'aimerais bien savoir comment vous avez découvert la vérité. »

Dalgliesh tira le tabouret des visiteurs rangé sous le lit et s'assit à côté d'elle. Elle ne le regarda pas. Les mains squelettiques toujours crispées sur le billet ne frémirent pas.

« Aucun des occupants de Colebrook Croft susceptibles de tuer Augustus Boxdale n'a été oublié, à l'exception du petit garçon à qui personne n'a prêté attention. C'était un enfant intelligent, qui s'exprimait déjà bien. Il était certainement souvent livré à lui-même. Sa bonne d'enfants n'avait pas accompagné la famille à Colebrook Croft et les domestiques présents à Noël avaient fort à faire, devant, de surcroît, s'occuper des jumelles de santé délicate. Le petit aura probablement passé beaucoup de temps avec son grand-père et sa nouvelle épouse. Elle était seule, elle aussi, et méprisée. Sans doute est-il resté à trottiner autour d'elle pendant qu'elle vaquait à ses activités. Il aurait ainsi pu la voir préparer sa lotion faciale à l'arsenic et lui demander, comme un enfant ne manquerait pas de le faire, à quoi servait cette potion. Sans doute lui aura-t-elle répondu qu'elle devait lui permettre de "rester jeune et belle". Il adorait son grand-père mais avait certainement conscience qu'il n'était ni jeune ni beau. Supposons qu'il se soit réveillé dans la soirée du 26, souffrant d'indigestion et excité par toutes ces festivités de Noël. Supposons qu'il se soit rendu dans la chambre d'Allegra Boxdale en quête d'un peu de réconfort et de compagnie et qu'il y ait aperçu la jatte de gruau et la lotion à l'arsenic côte à côte sur la table de toilette. Supposons qu'il se soit dit qu'il pourrait sans doute faire ainsi du bien à son grand-père. »

La voix s'éleva paisiblement du lit :

« Et supposons qu'à son insu quelqu'un se soit tenu sur le seuil de la chambre et l'ait observé ?

— Vous étiez donc derrière les rideaux de la fenêtre du palier et vous avez tout vu par la porte ouverte ?

— Bien sûr. Il s'est agenouillé sur la chaise, deux menottes potelées ont attrapé le bol de poison, l'ont versé avec infiniment de soin dans le gruau de son grand-père. Je l'ai observé tandis qu'il remettait le carré d'étamine sur la jatte, redescendait de la chaise, la rangeait soigneusement contre le mur et se dirigeait à petits pas vers le couloir avant de regagner la nurserie. Trois secondes plus tard, Allegra est sortie de la salle de bains et je l'ai vue qui apportait le gruau à mon grand-père. Il ne m'a fallu qu'une seconde pour me précipiter dans la chambre à coucher. Le bol de poison avait été un peu lourd pour les petites mains d'Hubert et j'ai remarqué qu'il en avait répandu sur le plateau ciré de la table de toilette. J'ai épongé la tache avec mon mouchoir. Puis j'ai pris le pichet et ai versé de l'eau dans le bol de poison pour rétablir le niveau. Cela ne m'a pris que quelques secondes, et j'étais prête à rejoindre Allegra et mon grand-père dans le dressing, et à rester avec lui jusqu'à ce qu'il ait fini son repas.

« Je l'ai regardé mourir sans pitié ni remords. Je crois que je les détestais pareillement l'un et l'autre. Le grand-père qui m'avait adorée, cajolée et gâtée pendant toute mon enfance et s'était transformé en vieux coureur répugnant, incapable de s'empêcher de peloter cette femme même en ma présence. Il nous avait rejetées, moi et toute sa famille, il avait compromis mes fiançailles, fait de notre nom la risée du comté, et cela pour une fille dont ma grand-mère n'aurait même pas voulu comme bonne. Je voulais qu'ils meurent tous les deux. Et ils mourraient. Mais par d'autres mains que les miennes. Je pourrais me persuader que je n'y étais pour rien.

– Quand a-t-elle compris ? demanda Dalgliesh.

– Elle l'a su le soir même. Quand l'agonie de mon grand-père a commencé, elle est sortie chercher le pichet d'eau. Elle voulait poser un linge humide sur son front. Elle a remarqué que le niveau avait baissé et qu'on avait essuyé une trace de liquide sur la table de toilette. J'aurais dû penser qu'elle s'en apercevrait. Son métier lui avait appris à enregistrer le moindre détail. Sur le moment, elle a pensé que Mary Huddy avait renversé de l'eau en posant le plateau et le gruau. Mais qui, sinon moi, aurait pu l'éponger ? Et pour quelle raison ?

— Et quand vous a-t-elle confié qu'elle savait tout ?

— Après le procès seulement. Allegra a fait preuve d'un courage incroyable. Elle mesurait ce qui était en jeu. Elle savait aussi ce qu'elle pouvait gagner. Elle a joué sa vie pour une fortune. »

Ce fut alors que Dalgliesh comprit ce qu'était devenu l'héritage Goddard.

« Elle vous a fait payer, c'est ça ?

— En effet. Jusqu'au dernier penny. La fortune Goddard, les émeraudes Goddard. Elle a vécu dans le luxe pendant soixante-sept ans, avec mon argent. Elle s'est nourrie et habillée avec mon argent. Quand elle allait d'hôtel en hôtel avec ses amants, c'était avec mon argent. Elle les payait avec mon argent. Et si elle a laissé quelque chose, ce dont je doute, c'est mon argent. Mon grand-père n'a pas laissé grand-chose. Il était sénile, et l'argent lui filait entre les doigts.

— Et vos fiançailles ?

— Rompues, par consentement mutuel pourrait-on dire. Un mariage, monsieur, est comme n'importe quel autre contrat juridique. Il a plus de chances d'être un succès quand les deux parties sont convaincues de faire une affaire. Le capitaine Brize-Lacey avait déjà été un peu refroidi par le scandale d'un meurtre dans la famille. C'était un homme fier et extrêmement conventionnel. Il aurait encore pu s'y résoudre si la fortune et les émeraudes Goddard avaient été là pour dissiper cette odeur nauséabonde. Mais notre couple aurait été voué à l'échec s'il avait découvert qu'il s'était marié au-dessous de sa condition, dans une famille entachée par un terrible scandale, sans la moindre fortune pour le racheter.

— Une fois que vous avez commencé à payer, observa Dalgliesh, vous avez été obligée de continuer. Mais pourquoi avez-vous payé ? Elle aurait difficilement pu raconter ce qui s'était passé. Cela l'aurait obligée à compromettre le petit.

— Non, non ! Ce n'était pas du tout ce à quoi elle songeait. Elle n'a jamais envisagé d'impliquer l'enfant. C'était une femme sentimentale, très attachée au petit Hubert. Non, elle avait l'intention de m'accuser purement et simplement du meurtre. Et si j'avais décidé de dire la vérité, pensez-vous que cela m'aurait tirée d'affaire ? Rappelez-vous que j'avais essuyé le liquide renversé, que j'avais rempli le bol. Elle n'avait rien à perdre, voyez-vous, ni sa vie, ni sa réputation. On ne pouvait pas la juger deux fois. Voilà pourquoi elle a attendu la fin du procès. Cela la mettait définitivement en sécurité.

« Mais moi ? Dans les milieux dans lesquels j'évoluais alors, la réputation était tout. Elle n'avait qu'à chuchoter son histoire à l'oreille de quelques domestiques et c'en était fait de moi. La vérité peut être remarquablement tenace. Et puis, ce n'était pas qu'une question de réputation. J'ai payé parce que l'ombre de la potence planait sur moi.

— Comment aurait-elle pu prouver quoi que ce soit ? » s'étonna Dalgliesh.

Elle le regarda soudain et laissa échapper un effrayant rire grinçant qui sembla lui écorcher la gorge au point que Dalgliesh craignit que les tendons ne se rompent d'un coup.

« Rien de plus facile, voyons ! Que vous êtes sot ! Vous ne comprenez pas ? Elle m'avait dérobé mon mouchoir, celui dont je m'étais servie pour essuyer la potion à l'arsenic. C'était son métier, rappelez-vous. Dans le courant de la soirée, peut-être lorsque nous étions tous rassemblés autour du lit, deux doigts agiles et dodus se sont glissés entre le satin de ma robe du soir et ma chair et en ont extrait ce morceau de lin taché et compromettant. »

Elle tendit péniblement le bras vers sa table de chevet. Comprenant ce qu'elle voulait, Dalgliesh ouvrit le tiroir. Sur le dessus se trouvait un petit carré de lin très fin bordé de dentelle faite à la main. Il le sortit. Son monogramme était délicatement brodé dans un angle. La moitié du mouchoir était raide et tachée de brun.

« Elle avait donné à son notaire instruction de me le retourner après son décès, reprit la vieille dame. Elle a toujours su où j'étais, à tout moment. Et aujourd'hui, elle est morte. Et mon tour ne saurait tarder. Vous pouvez garder ce mouchoir, monsieur. Il ne peut plus nous servir à rien désormais, ni à elle, ni à moi. »

Dalgliesh le mit dans sa poche sans rien dire. Il veillerait à ce qu'il soit brûlé aussitôt que possible. Mais il avait encore une question à poser : « Puis-je faire quelque chose pour vous ? Désirez-vous que quelqu'un soit mis au courant, ou souhaitez-vous vous en charger ? Aimeriez-vous voir un prêtre ? »

À nouveau, il y eut cet étrange éclat de rire strident, moins sonore cette fois.

« Je n'ai rien à dire à un prêtre. Je ne regrette ce que j'ai fait que parce que mon projet n'a pas réussi. Sans doute cet état d'esprit ne se prête-t-il pas à une confession appropriée. Ne croyez pas pourtant que j'en veuille à Allegra. Il faut savoir être bonne perdante. Et j'ai payé, monsieur. J'ai payé pendant soixante-sept ans. Et dans ce monde, jeune homme, les riches ne paient qu'une fois. »

Elle retomba sur ses oreillers, comme prise d'un épuisement soudain. Le silence persista un moment. Puis elle poursuivit avec une vigueur étonnante :

« Je crois que votre visite m'a fait du bien. Je vous serais très obligée si vous acceptiez de revenir me voir chaque après-midi pendant les trois jours qui viennent. Après quoi, je ne vous importunerai plus. »

Dalgliesh prolongea son congé non sans difficulté et prit une chambre à l'auberge du coin. Il la vit tous les après-midi. Ils ne reparlèrent jamais du meurtre. Et le quatrième jour, lorsqu'il arriva ponctuellement à deux heures, on lui apprit que Miss Goddard s'était éteinte paisiblement la nuit précédente, apparemment sans déranger personne. Elle était, comme elle l'avait dit, bonne perdante.

Une semaine plus tard, Dalgliesh retourna voir le chanoine.

« J'ai pu rencontrer quelqu'un qui a étudié l'affaire de près. J'ai lu le dossier du procès et je me suis rendu à Colebrook Croft. Et puis je me suis entretenu avec une autre personne, une seule, étroitement liée à l'affaire mais qui est morte à présent. Vous comprendrez certainement que je tienne à respecter les confidences qui m'ont été faites et à ne pas en dire plus que nécessaire. »

Le chanoine acquiesça d'un chuchotement paisible. Dalgliesh poursuivit rapidement :

« En conséquence de quoi, je peux vous donner ma parole que le jugement était juste et qu'aucun penny de la fortune de votre grand-père ne vous reviendra du fait de l'acte répréhensible de qui que ce soit. »

Il se détourna et regarda par la fenêtre. Le silence se prolongea. Le vieil homme rendait probablement grâce à sa manière. Puis Dalgliesh prit conscience que son parrain parlait. Il avait dit quelque chose à propos de gratitude, et du temps qu'il avait consacré à cette enquête.

« Je ne voudrais pas que tu te méprennes, Adam. Mais quand toutes les formalités auront été réglées, je serais heureux de faire un don à une association de ton choix, une cause qui te tient à cœur. »

Dalgliesh sourit. Ses contributions à des œuvres de charité étaient impersonnelles : une obligation trimestrielle dont il s'acquittait en donnant un ordre à sa banque. De toute évidence, le chanoine considérait les organismes de charité comme de vieux vêtements ; tous étaient des amis, mais certains étaient plus confortables et vous inspiraient donc plus d'affection que d'autres.

Il eut pourtant une inspiration :

« Cette proposition vous honore. Ce que j'ai appris de Grand-Tante Allie me l'a rendue plutôt sympathique. Il me paraîtrait bienvenu de donner quelque chose en son nom. N'existe-t-il pas une société qui vient en aide aux artistes de variétés, prestidigitateurs et autres, retraités et indigents ? »

Le chanoine, évidemment, put confirmer qu'il en existait une dont il connaissait même le nom.

« Dans ce cas, reprit Dalgliesh, il me semble que Grand-Tante Allie aurait admis qu'un don en son nom serait une excellente idée. »

L'énigme du gui

Un des légers embarras auxquels s'expose un auteur de romans policiers à succès comme moi est de s'entendre poser cette question récurrente : « Vous est-il arrivé d'être personnellement mêlée à une véritable enquête pour meurtre ? » parfois accompagnée d'un regard suggérant que la brigade criminelle de la Metropolitan Police ferait probablement bien d'aller creuser dans mon jardin.

Je réponds invariablement non, en partie par discrétion, en partie parce que la vérité serait trop longue à raconter et que j'aurais du mal à justifier mon rôle dans cette affaire, même à cinquante-deux ans de distance. Cependant, ayant à présent atteint soixante-dix ans et étant la dernière survivante de cet extraordinaire Noël de 1940, je devrais pouvoir raconter cette histoire sans risque, ne fût-ce que pour ma propre satisfaction. Je l'appellerai « L'Énigme du gui ». Le gui n'y joue qu'un rôle accessoire, mais j'ai toujours aimé les titres qui contiennent des allitérations. J'ai changé tous les noms. Bien qu'il n'y ait plus personne en ce monde qui risque d'être blessé dans ses sentiments ou sa réputation, je ne vois pas pourquoi on devrait refuser aux morts le même privilège qu'aux vivants.

J'avais alors dix-huit ans et j'étais une jeune veuve de guerre ; mon mari s'était fait tuer deux semaines après notre mariage – il avait été un des premiers pilotes de la RAF abattus en combat singulier. J'avais rejoint la Women's Auxiliary Air Force, en partie parce que je m'étais convaincue que cela lui aurait fait plaisir, et surtout parce que j'éprouvais le besoin d'apaiser mon chagrin en menant une nouvelle vie, en assumant d'autres responsabilités.

Ce fut inefficace. Le deuil est comme une grave maladie. On en meurt ou on en réchappe, et le remède n'est pas un changement de décor mais le temps qui passe. Je suivis ma formation préalable avec une sombre détermination, bien décidée à la poursuivre jusqu'au bout, cependant quand l'invitation de ma grand-mère arriva, six semaines tout juste avant Noël, je l'acceptai avec soulagement. C'était la solution à l'un de mes problèmes. J'étais fille unique et mon père, médecin, bien que d'âge mûr, s'était engagé comme volontaire dans le Royal Army Medical Corps ; ma mère était partie pour l'Amérique. Plusieurs de mes camarades de classe, dont certaines étaient elles aussi dans les forces armées, m'avaient écrit pour m'inviter à passer Noël chez elles, mais j'étais incapable d'affronter les festivités, même aussi sobres que l'imposait cette période de guerre, et craignais de gâcher les réjouissances familiales.

Et puis, j'étais curieuse de découvrir la maison où ma mère avait passé son enfance. Elle ne s'était jamais entendue avec sa propre mère, et son mariage avait consommé leur rupture. Je n'avais rencontré ma grand-mère qu'une fois quand j'étais petite et j'en gardais le souvenir d'une personne redoutable, caustique, et pas particulièrement bien disposée à l'égard des enfants. Malgré ma jeunesse, je n'étais plus une enfant, et les allusions pleines de tact contenues dans sa lettre – une maison chaleureuse avec de belles flambées, de la cuisine bourgeoise et du bon vin, de la paix et du calme – reflétaient exactement ce à quoi j'aspirais.

Je serais la seule invitée ; mon cousin Paul espérait cependant obtenir une permission pour Noël. J'avais très envie de le voir. Je n'avais pas d'autre cousin vivant. C'était le plus jeune fils du frère de ma mère et il avait six ans de plus que moi. Nous ne nous étions jamais rencontrés, en partie à cause de la brouille familiale, en partie parce que sa mère était française et qu'il avait passé l'essentiel de ses jeunes années dans son pays. Son frère aîné était mort quand j'étais à l'école. J'avais un vague souvenir d'un secret déshonorant, évoqué par des chuchotements sans avoir jamais été explicité.

Ma grand-mère m'assurait dans sa lettre que nous trois mis à part, il n'y aurait que le majordome, Seddon, et sa femme. Elle avait pris la peine de chercher l'horaire d'un autocar qui partait à cinq heures de l'après-midi de la gare Victoria la veille de Noël et me déposerait dans la ville voisine, où Paul viendrait me chercher.

L'horreur du crime, la nécessité de me remémorer avec précision chacune des heures de ce 26 décembre traumatisant ont estompé les souvenirs de mon voyage et de mon arrivée. Je conserve de la veille de Noël une série d'images semblables à celles d'un film en noir et blanc granuleuses, décousues, vaguement irréelles.

L'autocar aux vitres masquées et aux phares tamisés en raison du black-out avançant au ralenti à travers l'étendue obscure de la campagne, sous une lune vacillante ; la haute silhouette de mon cousin jaillissant de l'ombre pour m'accueillir au terminus ; moi, assise à côté de lui dans sa voiture de sport, enveloppée dans une couverture, tandis que nous traversions des villages enténébrés dans un soudain tourbillon de neige. Une image pourtant a conservé une netteté magique, ma première vision de Stutleigh Manor. La forme austère de la grande demeure surgit de la nuit, se découpant sur un ciel gris parsemé de quelques étoiles, très hautes, avant que la lune, échappée de derrière un nuage, ne l'éclaire – beauté, symétrie et mystère baignés d'une lumière blanche.

Cinq minutes plus tard, suivant le petit cercle de lumière de la torche électrique de Paul, je traversai le porche encombré du bric-à-brac rural habituel de cannes, de chaussures de marche, de bottes en caoutchouc et de parapluies et me glissai sous le rideau de black-out pour m'engouffrer dans la chaleur et la clarté du vaste vestibule carré. Je me rappelle l'immense feu de bois dans la cheminée, les portraits de famille, l'atmosphère de confort élimé et les bouquets de houx et de gui mêlés accrochés au-dessus des tableaux et des portes, qui constituaient l'unique décoration de Noël. Ma grand-mère descendit lentement le large escalier de bois pour m'accueillir, plus menue que dans mon souvenir avec son ossature délicate, et légèrement plus petite que mon mètre soixante. Mais sa poignée de main était étonnamment ferme et en plongeant mon regard dans ses yeux vifs et intelligents, en reconnaissant le pli obstiné de sa bouche, si semblable à celui de ma mère, je compris qu'elle était toujours redoutable.

J'étais contente d'être venue, contente de faire enfin la connaissance de mon unique cousin, mais sur un point, ma grand-mère m'avait trompée. Il y avait un deuxième invité, un parent éloigné, venu de Londres en voiture et qui m'avait précédée.

Je rencontrai Rowland Maybrick pour la première fois lorsque nous nous réunîmes pour prendre un verre avant le dîner dans un salon situé à gauche du vestibule. Il m'inspira une aversion immédiate et je remerciai silencieusement ma grand-mère de ne pas avoir suggéré qu'il me serve de chauffeur depuis Londres. L'insensibilité grossière de son accueil – « Tu ne m'avais pas dit, Paul, que vous aviez invité une jeune et jolie veuve » – renforça mes préventions initiales contre ce que je considérais, avec l'intolérance de la jeunesse, comme un certain type d'homme.

Il portait un uniforme de lieutenant d'aviation, sans l'insigne ailé des pilotes – nous avions surnommé ces officiers non volants les « Merveilles sans ailes ». D'une beauté sombre, il avait des lèvres pleines sous sa fine moustache, des yeux amusés et inquisiteurs, le genre d'individu qui se croit irrésistible. Je connaissais cette espèce, mais ne m'attendais pas à en rencontrer un représentant au manoir.

J'appris que dans le civil, il était antiquaire. Sentant peut-être que j'étais déçue de ne pas être la seule invitée, Paul m'expliqua que la famille possédait quelques précieuses pièces de monnaie qu'elle était obligée de vendre. Rowland, spécialiste de numismatique, était chargé de les trier et de les estimer afin de leur trouver un acheteur. Il ne s'intéressait pas qu'aux pièces de monnaie, d'ailleurs. Son regard parcourait les meubles, les tableaux, les porcelaines et les bronzes ; ses longs doigts effleuraient et caressaient les objets comme s'il estimait mentalement le prix qu'ils pourraient atteindre dans une vente. S'il en avait eu l'occasion, il m'aurait, supposai-je, palpée pour évaluer ma valeur sur le marché de l'occasion.

Le majordome et la cuisinière de ma grand-mère, personnages secondaires indispensables de tout crime dans une maison de campagne, étaient respectueux et compétents, mais ne manifestaient guère le zèle de rigueur. Si tant est qu'elle leur ait consacré la moindre pensée, ma grand-mère les aurait certainement présentés comme des serviteurs fidèles et dévoués, toutefois j'éprouvais quelques doutes sur la question. En 1940, le monde changeait déjà.

Mrs Seddon donnait l'impression de s'ennuyer à périr tout en étant surmenée, une association accablante, tandis que son mari maîtrisait à grand-peine le ressentiment lugubre de celui qui calcule le supplément de salaire qu'il aurait pu gagner comme travailleur de guerre sur la plus proche base de la RAF.

Ma chambre me plaisait ; le lit à baldaquin avec ses rideaux fanés, le confortable fauteuil bas près de la cheminée, l'élégant petit secrétaire, les gravures et les aquarelles défraîchies dans leurs cadres d'origine. Avant de me coucher, j'éteignis la lampe de chevet et écartai le rideau de black-out. Des étoiles haut dans le ciel, le clair de lune, une nuit dangereuse. Mais c'était la veille de Noël. Ils ne décolleraient sûrement pas ce soir. Je pensai aux femmes, à travers toute l'Europe, qui écartaient leurs rideaux et levaient les yeux, pleines d'espoir et de crainte, vers la lune menaçante.

Je m'éveillai de bonne heure le lendemain matin, regrettant de ne pas entendre carillonner les cloches de Noël, sonnerie qui, en cette année 1940, aurait annoncé une invasion. Le lendemain, la police me demanderait de retracer la moindre minute de ce jour de Noël et, plus de cinquante ans après, tous les détails en demeurent gravés dans mon esprit. Après le petit déjeuner, nous échangeâmes les cadeaux. Ma grand-mère avait visiblement pillé son coffret à bijoux pour m'offrir une ravissante broche en or émaillé et je soupçonne que le présent de Paul, une bague victorienne, un grenat entouré de semence de perles, provenait de la même source. Je n'étais pas venue les mains vides. Je me défis, au nom de la réconciliation familiale, de deux de mes trésors personnels, une édition originale de *A Shropshire Lad* pour Paul et une édition ancienne du *Diary of Nobody* pour ma grand-mère. Ils furent bien accueillis. La contribution de Rowland aux rations de Noël était de trois bouteilles de gin, quelques paquets de thé, de café et de sucre et une livre de beurre, probablement barbotés dans les réserves de la RAF. Juste avant midi, une chorale paroissiale aux effectifs réduits se présenta, chanta une demi-douzaine de cantiques a capella si faux que c'en était gênant, se vit gratifier à contrecœur par Mrs Seddon de vin chaud et de tartelettes avant de repartir, avec un soulagement non dissimulé, en se glissant derrière les rideaux du black-out afin d'arriver à temps pour le déjeuner de Noël.

Après le repas traditionnel servi à une heure, Paul me proposa une promenade. Je n'étais pas certaine que ma compagnie lui fît réellement plaisir. Il resta presque silencieux pendant que nous crapahutions obstinément, enjambant les sillons gelés de champs désolés et traversant des boqueteaux désertés par les oiseaux avec aussi peu de gaieté que s'il s'était agi d'une marche d'entraînement. La neige qui avait cessé de tomber avait laissé une mince croûte craquante et blanche sous un ciel de plomb. Quand le jour déclina, nous reprîmes le chemin du manoir que nous découvrîmes par l'arrière avec ses rideaux tirés, dessinant un L gris contre la blancheur hivernale. Soudain, dans un revirement d'humeur inattendu, Paul se baissa et plongea les mains dans la neige. Je ne connais personne qui, recevant la gifle glacée d'une boule de neige en plein visage, puisse s'abstenir de représailles et nous passâmes ainsi une vingtaine de minutes à rire et à nous bombarder de neige comme des écoliers et à en jeter contre la maison jusqu'à ce que la couche immaculée qui recouvrait la pelouse et l'allée de gravier soit transformée en gadoue.

Le début de la soirée se passa au salon à bavarder à bâtons rompus, à lire et à somnoler. Un dîner léger, soupe et omelette aux fines herbes – contraste bienvenu avec la richesse de l'oie et du pudding de Noël – fut servi très tôt, pour permettre aux Seddon d'aller passer la soirée chez des amis, au village. Après le repas, nous regagnâmes le salon du rez-de-chaussée, Rowland fit marcher le gramophone et me prit soudain par les mains en disant : « Dansons. » Le gramophone était de ceux qui changent automatiquement les disques, et les airs populaires se succédèrent – « Jeepers Creepers », « Beer Barrel Polka », « Tiger Rag », « Deep Purple ». Nous dansâmes la valse, le tango, le fox-trot, le quick-step, tournoyant dans le petit salon et jusque dans le vestibule. Rowland était un remarquable danseur.

Je n'avais pas dansé depuis la mort d'Alastair mais en cet instant, prise par l'exubérance du mouvement et du rythme, j'oubliai mon hostilité et me concentrai pour suivre mon cavalier, alors qu'il enchaînait des figures de plus en plus complexes.

Le sortilège fut rompu quand, se lançant dans une valse à travers le vestibule et resserrant son étreinte, il déclara : « Notre jeune héros me paraît un peu éteint. Peut-être regrette-t-il de s'être porté volontaire pour ce boulot.

— Quel boulot ?

— Vous ne devinez pas ? Une mère française, des études à la Sorbonne, il parle français à la perfection, il connaît le pays. C'est l'homme de l'emploi. »

Je ne répondis pas. Je me demandai comment il le savait, s'il avait le droit de le savoir. Il poursuivit : « Il y a toujours un moment où ces types si vaillants comprennent que ce n'est plus de la blague. Ce coup-ci, c'est pour de vrai. Ce n'est plus cette bonne vieille Angleterre qui s'étend au-dessous d'eux, c'est un territoire ennemi ; de vrais Allemands, de vraies balles, de vraies salles de torture et une vraie douleur. »

Je pensai : « et une vraie mort », et m'échappai de ses bras pour regagner le salon, entendant dans mon dos son rire étouffé.

Peu avant dix heures, ma grand-mère monta se coucher, après avoir proposé à Rowland de sortir les pièces du coffre de la bibliothèque pour les lui confier. Comme il devait regagner Londres le lendemain, il serait bon qu'il puisse les examiner le soir même. Les derniers mots qu'elle adressa à Paul furent : « Le Home Service diffuse une pièce d'Edgar Wallace que j'ai l'intention d'écouter. Elle finit à onze heures. Viens me dire bonsoir à ce moment-là, Paul, si tu veux bien. Mais pas plus tard. »

Dès qu'ils furent sortis, Paul lança : « Et si nous écoutions la musique de l'ennemi ? » et il remplaça les disques de danse par du Wagner. Tandis que je lisais, il sortit un paquet de cartes du petit secrétaire et fit une patience, contemplant les figures d'un œil noir avec une concentration farouche pendant que Wagner me transperçait les tympans, le volume du gramophone étant bien trop élevé. Quand la pendulette posée sur le manteau de la cheminée sonna onze heures, ce que nous entendîmes grâce à une accalmie musicale, Paul ramassa ses cartes. « Il est temps d'aller dire bonsoir à Grand-maman, annonça-t-il. Tu veux quelque chose ?

— Non, répondis-je, un peu surprise. Rien, merci. »

Ce que je voulais, c'était que la musique soit un peu moins forte et, dès qu'il eut quitté la pièce, je baissai le son. Paul revint très rapidement. Quand la police m'interrogea le lendemain, j'estimai que son absence avait duré environ trois minutes. Certainement pas plus. En entrant dans la pièce, il me dit calmement : « Grand-maman veut te voir. »

Nous sortîmes du salon ensemble et traversâmes le vestibule. Ce fut alors que mes sens, avec une acuité surnaturelle, enregistrèrent deux faits. Je confiai le premier à la police ; pas le second. Six baies de gui étaient tombées du bouquet de gui et de houx fixé au linteau de la porte de la bibliothèque et gisaient, éparpillées comme des perles, sur le parquet ciré. Et au pied de l'escalier, je remarquai une petite flaque. Suivant mon regard, Paul sortit son mouchoir et l'épongea. « Je devrais tout de même être capable de monter un verre d'eau à Grand-maman sans en renverser », observa-t-il.

Assise sous le baldaquin de son lit, elle paraissait diminuée et n'avait plus rien de redoutable. Ce n'était plus qu'une très vieille dame fatiguée. Je vis avec plaisir qu'elle avait commencé le livre que je lui avais offert. Il était posé, ouvert, sur la table de chevet ronde, à côté de la lampe, de sa radio, d'un élégant petit réveil, d'une carafe d'eau à moitié pleine coiffée d'un verre, et d'une main en porcelaine jaillissant d'une manchette à ruchés sur laquelle elle avait enfilé ses bagues.

Elle me tendit la main ; ses doigts étaient flasques, sa main froide et sans énergie, bien différente de la solide poignée de main avec laquelle elle m'avait accueillie. « Je voulais simplement te dire bonsoir, ma chérie, a-t-elle dit, et te remercier d'être venue. En temps de guerre, les inimitiés familiales sont un luxe que nous ne pouvons plus nous permettre. »

Impulsivement, je m'inclinai et l'embrassai sur le front. Je le trouvai moite sous mes lèvres. Ce geste était maladroit. Si elle attendait quelque chose de moi, ce n'était pas de l'affection.

Nous retournâmes au salon. Paul me demanda si je buvais du whisky. Comme je répondis que je n'aimais pas ça, il alla chercher dans le placard à bouteilles une carafe de bordeaux pour moi et du whisky pour lui, puis reprit le paquet de cartes et me proposa de m'apprendre à jouer au poker. C'est ainsi que je passai la soirée de Noël, entre environ onze heures dix et deux heures du matin, à disputer d'interminables parties de cartes, à écouter du Wagner et du Beethoven, à entendre le craquement et le sifflement des bûches quand je me levais pour entretenir le feu, à regarder mon cousin boire avec constance, jusqu'à ce qu'il ait vidé la bouteille de whisky. Je finis par accepter un verre de bordeaux, ne voulant pas passer pour impolie autant que bégueule en le laissant boire seul. La pendulette sonna deux heures moins le quart avant qu'il ne se lève en disant : « Pardon, ma cousine. Je suis un peu éméché. Me prêterais-tu une épaule ? Allons nous coucher, dormir, rêver peut-être… »

Nous montâmes lentement l'escalier. Il s'appuya au mur pendant que j'ouvrais la porte de sa chambre. Son haleine sentait à peine l'alcool. Puis, avec mon aide, il tituba jusqu'à son lit, s'effondra et ne bougea plus.

Le lendemain matin à huit heures, Mrs Seddon m'apporta mon thé matinal sur un plateau, brancha le feu électrique et sortit discrètement avec un « Bonne journée, madame » inexpressif.

À moitié endormie, je tendis le bras pour me servir ma première tasse quand quelqu'un frappa précipitamment à la porte et l'ouvrit sans attendre de réponse. Paul entra. Il était déjà habillé et, à ma grande surprise, ne manifestait pas le moindre signe de gueule de bois. « Tu n'as pas vu Maybrick ce matin ? me demanda-t-il.

— Je me réveille à l'instant.

— Mrs Seddon me dit qu'il n'a pas dormi dans son lit. Je viens de vérifier. Je ne l'ai trouvé nulle part dans la maison. Et la porte de la bibliothèque est fermée à clé. »

Sa nervosité était contagieuse. Il me tendit mon peignoir que j'enfilai et, après un instant de réflexion, je glissai mes pieds dans mes chaussures, négligeant mes chaussons. « Où est la clé de la bibliothèque ? demandai-je.

— Sur la porte, à l'intérieur. Nous n'en avons qu'une. »

Le vestibule était sombre même après que Paul eut allumé, et les baies tombées du bouquet de gui au-dessus de la porte de la bibliothèque luisaient toujours, d'une blancheur laiteuse, sur le parquet foncé. Je tournai vainement le bouton de la porte et, me baissant, regardai par le trou de la serrure. Paul avait raison, la clé s'y trouvait. « Il va falloir passer par la porte-fenêtre, remarqua-t-il. Quitte à casser un carreau. »

Nous sortîmes par une porte de l'aile nord. L'air froid me piqua le visage. Il avait gelé pendant la nuit et la mince couche de neige était encore immaculée, sauf aux endroits où nous nous étions ébattus, Paul et moi, la veille. La bibliothèque donnait sur un petit patio d'environ deux mètres de côté conduisant à un sentier de gravier qui bordait la pelouse. La double série d'empreintes dans la neige était parfaitement visible : quelqu'un s'était introduit dans la bibliothèque par la porte-fenêtre et en était reparti par le même chemin. Les empreintes, dont la première série avait été partiellement recouverte par la seconde, étaient grandes, plutôt informes, et provenaient probablement, me dis-je, de bottes en caoutchouc à semelles lisses.

« Fais attention de ne pas abîmer les traces, me recommanda Paul. Il vaudrait mieux longer le mur. »

La porte-fenêtre était fermée, mais pas à clé. Le dos fermement appuyé contre la vitre, Paul tendit la main pour attraper la poignée et l'ouvrir ; il se glissa à l'intérieur et écarta le rideau de black-out puis la lourde tenture de brocart. Je le suivis. L'obscurité régnait dans la pièce, la seule lumière étant celle de la lampe à abat-jour vert posée sur le bureau. Je m'en approchai à pas lents, avec une incrédulité fascinée, le cœur battant, tandis que derrière moi Paul tirait brutalement les rideaux dans un crissement métallique. La froide lumière du matin se répandit d'un coup dans la pièce, écrasant la lueur verdâtre et éclairant d'un jour cru la forme affalée sur le bureau.

Il avait été tué par un coup d'une violence terrible qui avait broyé le sommet de son crâne. Ses deux bras écartés reposaient sur le bureau. Son épaule gauche était affaissée comme si elle avait été frappée, elle aussi, et la main n'était plus qu'une masse hérissée d'os fracassés dans une bouillie de sang coagulé. Le cadran de sa lourde montre en or avait été brisé et de minuscules fragments de verre étincelaient sur le plateau du bureau comme des diamants. Quelques pièces avaient roulé sur le tapis, les autres jonchaient le bureau, dispersées par la force des coups. Levant les yeux, je vérifiai que la clé était effectivement dans la serrure. Paul examinait la montre en miettes.

« Dix heures et demie, dit-il. C'est le moment où il a été tué, ou bien ce qu'on veut nous faire croire. »

Il y avait un téléphone à côté de la porte et j'attendis, immobile, qu'il obtienne le central et prévienne la police. Puis il ouvrit la porte et nous sortîmes ensemble. Il se tourna pour refermer – la clé tourna sans bruit dans la serrure comme si celle-ci venait d'être huilée – et fourra la clé dans sa poche. Je m'aperçus alors que nous avions écrasé plusieurs des baies de gui tombées.

L'inspecteur George Blandy mit moins d'une demi-heure à arriver. C'était un campagnard solidement charpenté, dont les cheveux blond paille étaient si épais qu'on aurait dit que son visage carré, buriné par les intempéries, était coiffé de chaume. Il se déplaçait avec lenteur, sans qu'on pût dire si c'était par habitude ou parce qu'il n'était pas parfaitement remis des excès de Noël.

Le commissaire lui-même le rejoignit peu après. Paul m'avait parlé de lui. Ancien gouverneur colonial, sir Rouse Armstrong était un des derniers représentants de la vieille école des commissaires divisionnaires et avait manifestement dépassé l'âge de la retraite. Très grand, avec un profil d'aigle méditatif, il salua ma grand-mère par son prénom et la suivit à l'étage dans son salon privé, avec la mine grave et l'attitude de conspirateur d'un homme invité à donner des conseils sur une affaire de famille pressante et vaguement embarrassante. J'avais l'impression que l'inspecteur Blandy était quelque peu intimidé par sa présence, et l'identité du vrai responsable de l'enquête ne faisait aucun doute à mes yeux.

Vous trouverez certainement qu'on se croirait dans un roman d'Agatha Christie et vous aurez raison ; c'est exactement l'impression que j'ai eue à l'époque. Mais on oublie, taux d'homicides excepté, à quel point l'Angleterre de ma mère ressemblait au Mayhem Parva de Dame Agatha. Et il me semble parfaitement approprié que le corps ait été découvert dans la bibliothèque, la pièce la plus fatidique du roman populaire britannique.

Il était impossible de bouger le corps avant l'arrivée du médecin légiste. Or celui-ci assistait à une pantomime d'amateurs dans la ville voisine et il fallut un certain temps pour le joindre. Le Dr Bywaters était un petit homme replet, imbu de lui-même, roux et rougeaud, dont l'irascibilité naturelle aurait, pensai-je, dégénéré en franche mauvaise humeur si le crime avait été moins tragique qu'un assassinat, et le lieu moins prestigieux que le manoir.

Nous fûmes délicatement chassés de la bibliothèque pendant qu'il procédait à l'examen. Grand-maman avait décidé de rester dans son salon particulier, à l'étage. Les Seddon, rassurés par l'irréfutabilité de leur alibi, s'affairaient à confectionner et à servir des sandwiches et d'innombrables tasses de café et de thé. Pour la première fois, ils semblaient se délecter de la situation. Les cadeaux de Noël de Rowland furent utilement mis à contribution, et pour lui rendre justice, il me semble que cette idée l'aurait amusé. Des pas pesants traversaient le vestibule dans un sens et dans l'autre, des voitures arrivaient et repartaient, des appels téléphoniques étaient passés. Des policiers mesuraient, discutaient, photographiaient. Le corps, recouvert d'un linceul, fut finalement emporté sur une civière et déposé dans une sinistre petite fourgonnette noire, tandis que Paul et moi suivions les opérations depuis la fenêtre du salon.

On prit nos empreintes digitales, expliqua la police, pour éviter de les confondre avec celles qu'on aurait pu relever sur le bureau. J'éprouvai une étrange sensation quand on me tint doucement les doigts pour les presser sur ce qui devait être, me semble-t-il, un tampon encreur. Nous fûmes, bien sûr, interrogés, séparément et collectivement. Je me rappelle avoir été assise en face de l'inspecteur Blandy, sa grande carcasse occupant entièrement un des fauteuils du salon, ses lourdes jambes plantées sur le tapis, tandis qu'il examinait consciencieusement tous les menus détails de la journée de Noël. Ce ne fut qu'à cet instant que je pris conscience d'en avoir passé presque chaque minute en compagnie de mon cousin.

À sept heures et demie du soir, les policiers étaient toujours là. Paul invita le commissaire à dîner, mais il déclina l'offre, moins, me sembla-t-il, parce qu'il était réticent à partager le pain d'éventuels suspects que parce qu'il devait aller retrouver ses petits-enfants.

Avant de partir, il rendit une longue visite à ma grand-mère dans sa chambre, puis regagna le salon pour nous communiquer le résultat des activités de la journée. Je me demandai s'il aurait été aussi communicatif si la victime avait été un fermier et le lieu du crime le pub local.

Il fit son exposé du ton détaché et satisfait de l'homme persuadé d'avoir abattu une bonne journée de travail.

« Je ne ferai pas venir le Yard. Je l'ai fait il y a huit ans, lors de notre dernier meurtre. Grave erreur. Ils n'ont fait qu'inquiéter la population. Les faits sont simples. Il a été tué au moment où il se levait de sa chaise d'un unique coup porté avec une grande force par un individu qui se trouvait de l'autre côté du bureau. L'arme : un instrument contondant et pesant. Il a eu le crâne fracassé, mais l'hémorragie a été peu importante – vous avez pu le constater par vous-mêmes. Je pense que l'assassin était grand. Maybrick mesurait près d'un mètre quatre-vingt-dix. Le criminel est entré par la porte-fenêtre et est reparti par le même chemin.

« Nous n'avons pas tiré grand-chose des empreintes, trop indistinctes, mais elles livrent une information évidente, la seconde série recouvrant la première. Il pourrait s'agir d'un cambrioleur de passage, un déserteur peut-être – nous avons déploré un ou deux incidents de ce genre récemment. Le coup pourrait avoir été asséné à l'aide d'une crosse de fusil. La portée et le poids de l'objet vont dans le sens de cette hypothèse. La porte de la bibliothèque donnant sur le jardin était peut-être restée ouverte. Votre grand-mère avait dit à son majordome, Seddon, qu'elle se chargerait de fermer la maison, mais elle a demandé à Maybrick de vérifier la porte de la bibliothèque avant d'aller se coucher.

« En raison du black-out, l'assassin ne pouvait pas savoir que quelqu'un se trouvait dans la bibliothèque. Il a sans doute essayé d'ouvrir la porte, est entré, a vu briller les pièces et a tué presque sur un coup de tête.

– Dans ce cas, pourquoi n'a-t-il pas volé les pièces ? demanda Paul.

— Il a bien vu que c'étaient des monnaies de collection et qu'elles seraient difficiles à écouler. Ou bien il a paniqué, ou a cru entendre un bruit.

— Et pourquoi la porte donnant sur le vestibule était-elle fermée à clé ?

— L'assassin aura vu la clé et l'aura tournée pour éviter qu'on ne découvre le corps avant qu'il ait eu le temps de prendre la tangente. »

Il s'interrompit et son visage afficha une expression rusée, qui allait mal avec ses traits aquilins, un peu hautains. « Une autre possibilité, poursuivit-il, est que Maybrick se soit enfermé. Qu'il ait attendu secrètement un visiteur et n'ait pas voulu être dérangé. Il faut que je vous pose une question, mon garçon. C'est un peu délicat. Vous connaissiez bien Maybrick ?

— Non, pas très bien, répondit Paul. C'est un cousin au second degré.

— Vous lui faisiez confiance ? Pardonnez-moi de vous demander cela.

— Je n'avais aucune raison de me méfier de lui. Ma grand-mère ne lui aurait pas demandé de négocier ces pièces à sa place si elle n'avait pas été parfaitement sûre de lui.

Il fait partie de la famille. Éloignée, mais tout de même.

— Bien sûr. La famille. » Le commissaire s'interrompit un instant avant de reprendre : « J'avais envisagé l'éventualité d'une mise en scène qui serait allée trop loin. Maybrick aurait pu monter un plan avec un complice pour voler ces pièces. Nous avons demandé au Yard de vérifier ses fréquentations à Londres. »

Je faillis lui faire remarquer qu'une mise en scène dont la fausse victime se retrouvait avec le cerveau en bouillie était incontestablement allée trop loin, spectaculairement même, mais je me mordis la lèvre. Le commissaire pouvait difficilement me congédier — après tout, j'avais assisté à la découverte du corps —, néanmoins je sentais bien qu'il désapprouvait mon intérêt manifeste. Une jeune personne dotée d'une sensibilité bienséante aurait suivi l'exemple de ma grand-mère et se serait retirée dans sa chambre.

« La montre fracassée… cela ne vous paraît-il pas bizarre ? insista Paul. Le coup fatal à la tête semble avoir été porté avec une grande détermination. L'assassin a toutefois jugé bon de frapper une nouvelle fois et de briser la main. Cherchait-il à établir l'heure précise du décès ? Le cas échéant, pourquoi ? Ou pourrait-il avoir modifié l'heure de la montre avant de la réduire en miettes ? Maybrick a-t-il pu être tué plus tard ? »

Le commissaire accueillit cette idée fantasque avec indulgence. « Un peu tiré par les cheveux, mon garçon. Il me semble que nous avons établi l'heure du décès avec une précision tout à fait satisfaisante. Bywaters la situe entre dix et onze heures, à en juger par le degré de rigidité cadavérique. Et puis, nous ignorons dans quel ordre l'assassin a porté ses coups. Il aurait pu frapper la main et l'épaule d'abord, la tête ensuite. Ou viser la tête et frapper ensuite à l'aveuglette, pris de panique. Quel dommage, tout de même, que vous n'ayez rien entendu !

— Le volume sonore du gramophone était réglé assez fort, et les portes et les murs sont épais. J'ai bien peur de surcroît que vers dix heures et demie, je n'aie plus été en état de remarquer grand-chose. »

Lorsque sir Rouse se leva pour prendre congé, Paul lui dit : « Je serais heureux de pouvoir disposer de la bibliothèque si vous avez fini, à moins que vous n'ayez l'intention de faire poser des scellés sur la porte ?

— Non, mon garçon, ce ne sera pas nécessaire. Nous avons fait tout ce que nous avions à faire. Pas d'empreintes digitales, bien sûr – nous ne nous attendions pas à en relever. Elles se trouvent sur l'arme, évidemment, à moins que l'assassin n'ait porté des gants. Mais il a emporté l'arme avec lui. »

La maison parut très calme après le départ de la police. Ma grand-mère, qui était restée dans sa chambre, se fit monter son dîner, et Paul et moi, réticents peut-être à affronter cette chaise vide dans la salle à manger, nous contentâmes de soupe et de sandwiches, que nous prîmes au salon. J'étais nerveuse, physiquement épuisée ; j'avais aussi un peu peur.

J'aurais aimé pouvoir parler du meurtre, mais Paul en avait assez : « Essayons d'oublier ça, me dit-il. Nous avons eu suffisamment d'aventures macabres pour la journée. »

Nous restâmes donc assis en silence. À partir de huit heures moins vingt, nous écoutâmes Radio Vaudeville sur le Home Service – Billy

Cotton et son orchestre, le BBC Symphony Orchestra dirigé par Adrian Boult. Après les nouvelles de neuf heures et le commentaire de guerre de neuf heures vingt, Paul murmura qu'il ferait bien de vérifier que Seddon avait correctement verrouillé toutes les portes.

Ce fut alors que, presque impulsivement, je me dirigeai vers la bibliothèque. Je tournai la poignée aussi doucement que si je craignais de voir Rowland encore assis à trier les pièces de ses doigts cupides. Les rideaux de black-out étaient tirés, la pièce sentait les vieux livres, il n'y avait pas la moindre odeur de sang. Le bureau, dégagé, était un meuble ordinaire, sans rien d'effrayant, la chaise parfaitement rangée.

Je restai sur le seuil, convaincue que cette pièce recelait une clé du mystère. Puis, poussée par la curiosité, je m'approchai du bureau et ouvris les tiroirs. Il y avait de chaque côté un tiroir profond surmonté de deux plus petits. Celui de gauche était tellement bourré de papiers et de dossiers que j'eus du mal à l'ouvrir. Le grand tiroir de droite, en revanche, était vide. J'ouvris le petit tiroir situé au-dessus. Il contenait une liasse de factures et de reçus. En les parcourant rapidement, je remarquai un reçu de trois mille deux cents livres d'un marchand de monnaies londonien vieux de cinq semaines, sur lequel figurait la liste des pièces achetées.

Il n'y avait rien d'autre d'intéressant. Je refermai le tiroir et commençai à arpenter la pièce. J'étais en train de mesurer la distance entre le bureau et la porte-fenêtre quand la porte s'ouvrit presque sans bruit. Mon cousin entra.

S'approchant de moi tranquillement, il me demanda d'un ton léger : « Qu'est-ce que tu fais ? Tu cherches à exorciser l'horreur ?

— Quelque chose de ce genre », répondis-je.

Pendant un moment, nous restâmes silencieux. Puis il prit ma main dans la sienne, la glissant sous son bras : « Je suis navré, ma cousine, cette journée a été abominable pour toi. Nous qui ne désirions qu'une chose, t'offrir un Noël paisible. » Je ne répondis pas. J'étais consciente de sa proximité, de la chaleur de son corps, de sa force. Lorsque nous rejoignîmes la porte ensemble, je pensai, sans le dire : « Était-ce vraiment tout ce que tu désirais, m'offrir un Noël paisible ? Rien d'autre ? »

J'avais du mal à dormir depuis que mon mari s'était fait tuer, et j'étais allongée, raide, sous le baldaquin, revivant cette journée extraordinaire, passant en revue les anomalies, les petits incidents, les moindres indices afin de reconstituer une image satisfaisante et d'imposer l'ordre au désordre. Il me semble que c'était ce que j'avais eu envie de faire toute ma vie. Cette nuit à Stutleigh décida en fait de toute ma carrière.

Rowland avait été tué à dix heures et demie par un unique coup porté depuis l'autre côté du bureau, dont la largeur était de un mètre dix. Or à dix heures et demie, mon cousin était avec moi, et en réalité, je ne l'avais pour ainsi dire pas quitté des yeux de la journée. Je lui avais fourni un alibi irrécusable. Mais n'était-ce pas précisément la raison pour laquelle j'avais été invitée, appâtée par la promesse de paix, de calme, de bons petits plats et de bon vin, exactement ce que pouvait souhaiter une jeune veuve récemment engagée dans l'armée ?

La victime avait elle aussi été attirée à Stutleigh. On lui avait fait miroiter la perspective de mettre la main sur des pièces précieuses et d'en négocier la vente. Et pourtant ces pièces, dont on m'avait dit devoir les faire estimer et se résoudre à les vendre par nécessité, n'avaient été acquises que cinq semaines auparavant, juste après que j'eus accepté l'invitation de ma grand-mère. Je me demandai un instant pourquoi le reçu n'avait pas été détruit, mais la réponse s'imposa rapidement à moi. La facture était indispensable pour que ces monnaies, une fois leur rôle joué, puissent être revendues et les trois mille deux cents livres récupérées. Si on s'était servi de moi, je n'étais pas la seule à avoir été manipulée.

Noël était l'unique jour de l'année où l'on pût être certain que les deux domestiques seraient absents toute la nuit. On pouvait également compter sur la police pour remplir la fonction qui lui avait été assignée.

L'inspecteur, honnête et consciencieux mais d'une intelligence médiocre, inhibé par le respect que lui inspirait une vieille famille et par la présence de son supérieur. Le commissaire, ayant dépassé l'âge de la retraite mais maintenu à son poste par les exigences du conflit, sans expérience des homicides, ami de la famille, et dernière personne au monde à soupçonner le hobereau local d'avoir pu commettre un assassinat brutal.

Un schéma prenait forme, laissant apparaître une image, un visage. Par la pensée, je suivais les traces de l'assassin, que j'appelai X, comme de juste pour un crime digne d'Agatha Christie.

La veille de Noël, dans le courant de la journée, X avait vidé le tiroir de droite du bureau et transvasé son contenu dans celui de gauche, disposant ainsi d'un espace où ranger ses bottes. Il avait dissimulé son arme, peut-être dans le même tiroir que les bottes. Non, raisonnai-je, ce n'était pas possible ; il fallait qu'elle soit plus longue que cela pour qu'il puisse atteindre sa victime depuis l'autre côté du bureau. Je décidai de laisser la question de l'arme provisoirement en suspens.

Le lendemain, en ce jour fatidique de Noël, ma grand-mère monte se coucher à dix heures moins le quart, annonçant à Rowland qu'elle va au préalable sortir les pièces du coffre de la bibliothèque pour qu'il puisse les examiner avant son départ prévu pour le matin suivant. X peut être certain que Rowland sera assis au bureau à dix heures et demie. Muni de la clé, il entre sans bruit et referme silencieusement la porte derrière lui. Il a l'arme sur lui, à moins qu'elle ne soit cachée dans la pièce, à portée de main.

X tue sa victime, brise la montre pour établir l'heure du crime, retire ses chaussures et enfile les bottes, ouvre grande la porte donnant sur le patio. Puis prenant son élan, il traverse toute la longueur de la bibliothèque en courant et saute dans le noir. Il fallait qu'il soit jeune, solide et sportif pour franchir les deux mètres de neige et atterrir sur le sentier de gravier ; mais il est jeune, solide et sportif.

Il n'a pas à craindre de laisser des traces de pas sur le gravier. La neige qui s'y trouvait a beaucoup souffert de notre bataille de boules de l'après-midi. Il regagne alors la porte de la bibliothèque, laissant la première série d'empreintes, ferme la porte, puis rebrousse chemin en prenant soin de recouvrir partiellement la première série de traces. Peu importe que ses empreintes digitales se trouvent sur le bouton de porte ; leur présence y est parfaitement légitime. Il rentre ensuite dans la maison par une porte latérale restée déverrouillée, remet ses chaussures et range les bottes en caoutchouc à leur place, sous le porche. C'est à l'instant où il traverse le vestibule qu'un petit paquet de neige tombe des bottes et fond, laissant une flaque d'eau sur le parquet.

Quelle autre explication donner à la présence de cette petite flaque ? Mon cousin avait sûrement menti en prétendant qu'elle venait de la carafe. Celle-ci, à demi pleine, se trouvait au chevet de ma grand-mère, recouverte d'un verre. Pour la renverser, il aurait fallu que celui qui la portait trébuche et tombe.

C'est alors qu'enfin je donnai un nom à l'assassin. Mais si mon cousin avait tué Rowland, comment aurait-il pu le faire à l'heure où le crime avait été commis ? Quand il était allé dire bonsoir à ma grand-mère, il ne m'avait pas laissée seule plus de trois minutes. Comment aurait-il pu avoir le temps de chercher l'arme, de rejoindre la bibliothèque, de tuer Rowland, de laisser les empreintes de pas, de se débarrasser de l'arme, d'en effacer les taches de sang et de venir me retrouver aussi paisiblement pour m'annoncer qu'on m'appelait à l'étage ?

Supposons pourtant que le Dr Bywaters se soit trompé et que l'heure indiquée par la montre lui ait inspiré un diagnostic trop hâtif. Supposons que Paul ait modifié l'heure avant de briser la montre et que l'assassinat ait eu lieu après dix heures et demie. Les observations médicales devaient tout de même être fiables ; le crime ne pouvait en aucun cas avoir été commis après une heure et demie du matin. Et à supposer que ce fût le cas, Paul était alors trop ivre pour porter ce coup parfaitement calculé.

Était-il vraiment ivre ? Et s'il s'était agi d'une nouvelle feinte ? Il m'avait demandé si j'aimais le whisky avant d'apporter la bouteille et son haleine, je m'en souvenais fort bien, ne sentait que très faiblement l'alcool. Mais non ; la chronologie était irréfutable. Paul ne pouvait pas avoir tué Rowland.

Et s'il n'avait été qu'un complice ? Et si un autre avait accompli l'acte proprement dit, un camarade officier, peut-être, qu'il aurait introduit subrepticement dans la demeure et dissimulé dans une des chambres, quelqu'un qui se serait glissé furtivement dans la bibliothèque à dix heures et demie pour tuer Maybrick pendant que je fournissais à Paul un alibi et que les accents tonitruants de la musique de Wagner couvraient le bruit des coups ? Son forfait commis, l'assassin aurait pu quitter la pièce avec l'arme, dissimulant la clé au milieu du houx et du gui au-dessus de la porte, délogeant ainsi le bouquet et faisant tomber les baies. Il ne restait plus à Paul qu'à venir prendre la clé sur le linteau, en veillant à ne pas écraser les baies, à refermer la porte de la bibliothèque derrière lui en laissant la clé dans la serrure, puis à fabriquer les empreintes de pas exactement comme je l'avais imaginé précédemment.

Paul dans le rôle du complice et non du meurtrier posait un certain nombre de questions irrésolues, mais le scénario n'avait rien d'impossible. Un camarade de l'armée aurait eu les compétences et le sang-froid nécessaires. Peut-être, songeai-je amèrement, y avaient-ils vu une sorte d'exercice d'entraînement. À l'instant où je me décidai à essayer de m'endormir, j'avais pris une décision. Le lendemain, j'effectuerais plus consciencieusement ce que la police avait fait sans conviction : je me mettrais à la recherche de l'arme.

Rétrospectivement, il me semble que ce crime ne m'inspirait guère de répugnance. En tout cas, je ne me sentais pas tenue d'avertir la police. Ce n'était pas seulement parce que j'aimais bien mon cousin et que Maybrick m'avait déplu. Je crois que la guerre n'y était pas étrangère. Alors que tant de gens bien mouraient à travers le monde, l'assassinat d'un individu antipathique paraissait moins grave.

Je sais aujourd'hui que j'avais tort. Rien ne peut justifier ni excuser un crime. Pourtant, je ne regrette pas ce que j'ai fait ensuite ; aucun être humain ne devrait mourir au bout d'une corde.

Le lendemain matin, je me réveillai très tôt, avant l'aube. Je m'armai de patience ; il était inutile d'entreprendre mes recherches à la lumière artificielle et je ne voulais pas attirer l'attention. J'attendis donc que Mrs Seddon m'ait apporté mon thé matinal, je fis ma toilette, m'habillai et descendis prendre le petit déjeuner juste avant neuf heures. Mon cousin n'était pas là. Mrs Seddon m'apprit qu'il était parti au village faire réviser la voiture. C'était l'occasion idéale.

Mon enquête s'acheva dans un petit débarras au dernier étage de la maison. Il était tellement encombré qu'il me fallut escalader des malles, des boîtes métalliques et de vieux bahuts. Je dénichai un gros coffre en bois contenant des battes de cricket et des balles en piteux état, poussiéreuses, dont personne ne s'était manifestement servi depuis les derniers matches villageois disputés par mes cousins. Je posai la main sur un cheval à bascule superbe bien que délabré, que je mis énergiquement en branle avec force grincements, me pris les pieds dans les rails empilés d'un train miniature Hornby et me cognai la cheville à une grande arche de Noé.

Sous l'unique fenêtre, j'aperçus une longue caisse que j'ouvris. Un nuage de poussière s'éleva d'une feuille de papier brun qui recouvrait six maillets de croquet, accompagnés de boules et d'arceaux. Je songeai qu'avec son long manche un maillet aurait fait une arme adéquate, mais, de toute évidence, personne n'y avait touché depuis des années. Je remis le couvercle en place et poursuivis mes recherches.

Deux sacs de golf traînaient dans un coin, et ce fut là que ma quête prit fin – un des clubs, du type à grosse tête, était différent des autres : sa tête était propre comme un sou neuf.

J'entendis alors un bruit de pas et, me retournant, je découvris mon cousin. La culpabilité, j'en suis sûre, se lisait sur mon visage, mais cela ne parut pas le préoccuper le moins du monde.

« Je peux t'aider ? me demanda-t-il.

– Non, répondis-je. Je cherchais quelque chose, c'est tout.

– Et tu l'as trouvé ?

– Oui. Je crois que oui. » Il entra dans la pièce et, après avoir refermé la porte, s'adossa au battant et me demanda : « Tu aimais bien Rowland Maybrick ?

– Non, répondis-je. Non, je ne l'aimais pas. Mais ce n'est pas parce qu'on n'aime pas quelqu'un qu'on est en droit de le tuer.

– Tu as raison, bien sûr, acquiesça-t-il avec désinvolture. Toutefois il y a quelque chose que je voudrais que tu saches à son sujet. Il est responsable de la mort de mon frère aîné.

– Tu veux dire qu'il l'a assassiné ?

— Non, pas directement. Il l'a fait chanter. Charles était homosexuel. Maybrick l'a appris et l'a fait raquer. Charles s'est suicidé parce qu'il ne supportait pas l'idée de passer toute sa vie dans le mensonge, d'être constamment à la merci de Maybrick et de risquer sa place. Il a préféré la dignité de la mort. »

En me replongeant ainsi dans le passé, je dois faire un effort pour me rappeler combien la société des années 1940 était différente de la nôtre. Aujourd'hui, on aurait du mal à croire que quelqu'un puisse se tuer pour un tel motif. Sur le moment, je sus avec une certitude désespérée qu'il disait vrai.

« Ma grand-mère sait qu'il était homosexuel ? demandai-je.

— Oh oui ! Il n'y a pas grand-chose que les gens de sa génération ne sachent ou ne devinent. Grand-maman adorait Charles.

— Je vois. Merci de me l'avoir dit. » Au bout d'un moment, je repris : « Je suppose que si tu étais parti pour ta première mission en sachant Maybrick vivant et en bonne santé, tu aurais eu le sentiment d'avoir laissé une tâche inachevée derrière toi.

— Que tu es intelligente, ma cousine, et comme tu formules bien les choses ! C'est exactement le sentiment que j'aurais éprouvé, celui d'une tâche inachevée. » Puis il ajouta : « Alors, dis-moi, que faisais-tu ici ? »

Je sortis mon mouchoir et le regardai droit dans les yeux, ces yeux si étonnamment semblables aux miens.

« J'époussetais la tête des clubs de golf », répondis-je.

Je partis deux jours plus tard. Nous n'en reparlâmes jamais. L'enquête se poursuivit, et fut classée sans suite. J'aurais pu demander à mon cousin comment il avait procédé. Je n'en fis rien. Pendant des années, je pensai que je ne le saurais jamais.

Mon cousin mourut en France, non pas, Dieu soit loué, aux mains de la Gestapo, mais dans une embuscade. Je me demandais si son complice de l'armée avait survécu à la guerre ou s'il était mort avec lui. Ma grand-mère continua à vivre seule dans sa grande maison. Lorsqu'elle décéda à quatre-vingt-onze ans, elle légua sa demeure à une œuvre de charité qui s'occupait de dames de la haute société tombées dans l'indigence, la laissant libre de la conserver comme foyer ou de la vendre. Je n'aurais jamais imaginé qu'elle opterait pour ce genre de société de bienfaisance. Celle-ci choisit de vendre.

Ma grand-mère ne m'avait légué qu'une chose : le contenu de sa bibliothèque. Je vendis, moi aussi, la plupart des livres, non sans m'être rendue sur place pour les examiner et mettre de côté ceux que je désirais garder. C'est ainsi que je trouvai un album de photos coincé entre deux volumes de sermons du XIXe siècle plutôt soporifiques. Je le feuilletai, assise au bureau même où Rowland avait été assassiné, souriant devant les images sépia de dames à fortes poitrines, aux tailles corsetées et aux immenses chapeaux à fleurs.

Et soudain, en tournant les pages cartonnées, je reconnus ma grand-mère jeune. Elle portait ce qui ressemblait à une petite casquette ridicule et tenait un club de golf avec autant d'assurance qu'une ombrelle. À côté de la photographie figurait son nom soigneusement calligraphié et, au-dessous, je déchiffrai cette légende : « Championne de golf du comté, 1898 ».

Un crime très ordinaire

« Nous fermons à midi le samedi, précisa la blonde de l'agence immobilière. Si vous n'avez pas le temps de me rapporter la clé d'ici là, ayez l'amabilité de la glisser dans la boîte aux lettres. Nous n'en avons pas d'autre, et il se peut qu'il y ait des visites lundi. Signez ici, s'il vous plaît, monsieur. »

Le « monsieur » était réticent, ajouté après coup. Le ton de l'employée était réprobateur. Elle ne croyait pas un instant qu'il achèterait l'appartement, ce vieil homme miteux aux airs de faux hobereau et à la voix dure. Dans son métier, on apprenait vite à repérer les clients vraiment intéressés. Ernest Gabriel. Un drôle de nom, à la fois courant et recherché.

Il prit pourtant la clé très poliment, et la remercia de se donner toute cette peine. Tu parles d'une peine, songea-t-elle. Dieu sait que ce trou sordide n'attirait pas les foules, en tout cas au prix qu'ils en demandaient. Il pouvait bien garder la clé une semaine, ça ne lui ferait ni chaud ni froid.

Elle avait raison. Gabriel n'était pas venu pour acheter, seulement pour voir. C'était la première fois qu'il y remettait les pieds depuis que tout cela s'était passé, seize ans plus tôt. Il ne venait ni en pèlerin ni en pénitent. Il avait obéi à une force qu'il n'avait pas même pris la peine d'analyser. Il était venu rendre visite au seul membre de sa famille encore vivant, une tante âgée hospitalisée depuis peu dans un service de gériatrie. Il ne s'était même pas rendu compte que l'appartement se trouvait sur le trajet du bus.

Inopinément, celui-ci avait traversé Camden Town et le parcours lui était devenu familier, comme une photographie qui devient soudainement nette ; avec un frisson de surprise, il avait reconnu la boutique à double vitrine, avec le logement au-dessus. La fenêtre était masquée par le panneau d'une agence immobilière. Presque sans réfléchir, il était descendu à l'arrêt suivant pour vérifier le nom et avait parcouru à pied le petit kilomètre qui le séparait de l'agence. Cette démarche lui avait paru aussi naturelle et inévitable que son trajet quotidien en bus pour aller travailler.

Vingt minutes plus tard, il glissait la clé dans la serrure de la porte d'entrée et pénétrait dans la vacuité étouffante de l'appartement. Les murs crasseux conservaient des odeurs de cuisine. Le lino usé était jonché d'enveloppes salies et piétinées par les précédents visiteurs. L'ampoule se balançait, nue, dans l'entrée et la porte donnant sur le salon était ouverte. À sa droite, il y avait l'escalier, à sa gauche, la cuisine.

Après s'être arrêté un instant, Gabriel entra dans la cuisine. Depuis les fenêtres à demi voilées par un rideau de vichy poussiéreux, il leva les yeux vers le grand bâtiment noir d'en face, un mur entièrement aveugle à l'exception d'une petite fenêtre carrée, au cinquième étage. C'était de là que, seize ans auparavant, il avait observé Denis Speller et Eileen Morrisey interpréter leur petite tragédie ordinaire jusqu'à son terme.

Il n'avait pas le droit de les espionner, il n'avait même pas le droit de se trouver dans le bâtiment après six heures. Cette simple réalité avait été au cœur de son affreux dilemme. Tout s'était passé par hasard. Mr Maurice Bootman l'avait chargé, en tant qu'archiviste de la société, d'aller jeter un coup d'œil aux papiers restés dans la tanière du défunt Mr Bootman, tout en haut de l'immeuble, afin de vérifier si certains documents n'auraient pas dû être classés dans les dossiers. Ce n'étaient pas des papiers confidentiels ou importants – ceux-là avaient été rangés par la famille ou par les avocats de la société depuis plusieurs mois. C'était un ramassis dépareillé, jauni, de notes périmées, de vieilles factures et de reçus caducs, auxquels s'ajoutaient des coupures de presse fanées, le tout mis en liasses et fourré dans l'antique bureau de Mr Bootman, grand collectionneur de papiers inutiles.

Au fond du tiroir situé en bas à gauche, Gabriel avait trouvé une clé et le hasard avait voulu qu'il l'essaie dans la serrure du placard d'angle. C'est ainsi qu'il avait mis le nez dans l'assortiment, modeste mais bien choisi, d'ouvrages pornographiques de Mr Bootman.

Il sut immédiatement qu'il devait lire ces livres ; il n'était pas question de grappiller subrepticement quelques instants, l'oreille aux aguets, à l'écoute d'éventuels bruits de pas dans l'escalier ou du gémissement de l'ascenseur, dans la crainte constante que quelqu'un ne remarque son absence du bureau des archives. Non, il fallait qu'il les lise dans l'intimité et la tranquillité. Il avait donc conçu un plan.

Ce n'était pas difficile. Employé de confiance, il disposait d'une des clés Yale de la porte latérale, celle des livraisons. Le concierge la fermait de l'intérieur tous les soirs, avant de quitter son service. Gabriel, toujours parmi les derniers à rentrer chez lui, n'eut aucun mal à trouver le moyen de retirer les verrous avant de sortir avec le concierge par la porte principale. Il ne s'y risquait qu'une fois par semaine, et le jour qu'il avait choisi était le vendredi.

Il se hâtait de rentrer dans son garni, prenait son repas solitaire à côté de la cuisinière, puis regagnait le bâtiment et s'introduisait par la porte latérale. La seule précaution nécessaire était d'arriver parmi les premiers le lundi matin pour avoir le temps de pousser les verrous avant que le concierge ne les ouvre au cours de sa tournée routinière, en prévision des livraisons de la journée.

Ces vendredis soir devinrent pour Gabriel des instants de joie extrême bien que honteuse. Leur déroulement était immuable. Il s'asseyait devant la cheminée, pelotonné dans le fauteuil de cuir bas du vieux Mr Bootman, les épaules voûtées au-dessus du livre posé sur ses genoux, les yeux suivant la tache de lumière de sa torche électrique qui se déplaçait à travers chaque page. Il n'osait jamais allumer la lampe et même par les nuits les plus froides, il ne mettait jamais le chauffage à gaz en route. Il craignait que son sifflement ne masque le bruit de pas qui approchaient, que sa lueur ne traverse les épais rideaux de la fenêtre ou que, d'une manière ou d'une autre, l'odeur de gaz ne persiste dans la pièce jusqu'au lundi matin et ne le trahisse. Il éprouvait une crainte morbide à l'idée de se faire prendre, mais cette peur même ajoutait à l'excitation de son plaisir secret.

Ce fut le troisième vendredi de janvier qu'il les vit pour la première fois. La soirée était douce, le ciel couvert et sans étoiles. Un peu plus tôt, une averse avait rendu les trottoirs glissants et délavé les titres griffonnés des affiches de journaux. Gabriel s'essuya soigneusement les pieds avant de monter au cinquième. Une odeur aigre et poussiéreuse régnait dans la pièce étouffante, l'air était plus froid que celui de la nuit, au-dehors. Il s'approcha de la fenêtre, hésitant à l'ouvrir pour laisser pénétrer un peu de la douceur du ciel nettoyé par la pluie.

C'est à ce moment-là qu'il aperçut la femme. Les entrées arrière des deux boutiques, plongées dans l'obscurité, chacune surmontée d'un logement, s'ouvraient au-dessous de lui. Les fenêtres d'un des appartements étaient condamnées, mais l'autre semblait habité. On y accédait par une volée de marches métalliques conduisant à une cour asphaltée. Il aperçut la femme à la lueur d'un réverbère au moment où elle s'arrêta au pied de l'escalier pour fouiller dans son sac à main. Puis, semblant s'armer de courage, elle monta vivement les marches et traversa presque en courant la surface asphaltée jusqu'à la porte de l'appartement.

Il la vit se presser dans l'ombre du seuil, tourner prestement la clé dans la serrure et disparaître. Il avait à peine eu le temps de remarquer qu'elle portait un imperméable clair boutonné jusqu'au cou sous une crinière de cheveux blonds, et qu'elle tenait à la main un filet qui devait contenir des provisions. Ce retour au logis paraissait étrangement furtif et solitaire.

Gabriel attendit. Presque immédiatement, il vit la lumière s'allumer dans une pièce à gauche de la porte d'entrée. Peut-être la femme était-elle dans la cuisine. Il distingua son ombre floue qui allait et venait, se rétrécissant et s'allongeant tour à tour. Il devina qu'elle déballait ses provisions. Puis la lampe s'éteignit.

Pendant quelques instants, l'appartement resta plongé dans l'obscurité. La fenêtre de l'étage s'illumina ensuite, ce qui lui permit de voir la femme plus distinctement. Elle ne pouvait pas deviner à quel point elle était visible. Les rideaux étaient tirés, mais ils étaient fins. Peut-être les occupants, persuadés de ne pas avoir de vis-à-vis, étaient-ils devenus négligents. Bien que la silhouette de la femme ne fût qu'une vague silhouette, Gabriel nota qu'elle portait un plateau. Peut-être avait-elle l'intention de dîner au lit. Elle se déshabillait à présent.

Il la vit qui faisait passer ses vêtements au-dessus de sa tête et qui se baissait en se tortillant pour défaire ses bas et retirer ses chaussures. Soudain, elle se rapprocha de la fenêtre et il distingua nettement les contours de son corps. Elle semblait observer et écouter. Gabriel s'aperçut qu'il retenait son souffle. Puis elle s'éloigna et la lumière devint plus tamisée. Il devina qu'elle avait éteint le plafonnier et allumé la lampe de chevet. La pièce était désormais baignée d'une lueur rose, plus douce, dans laquelle la femme se déplaçait, aussi immatérielle qu'un rêve.

Le visage pressé contre la vitre froide, Gabriel se tenait aux aguets. Le garçon arriva peu après huit heures. Gabriel l'appelait toujours « le garçon » quand il pensait à lui. Malgré la distance, sa jeunesse, sa vulnérabilité étaient évidentes. Il s'approcha de l'appartement avec plus d'assurance que la femme, mais rapidement, lui aussi, s'arrêtant au sommet des marches comme pour évaluer les dimensions de la cour nettoyée par la pluie.

Elle avait dû attendre qu'il frappe. Elle le fit entrer immédiatement, entrebâillant à peine la porte. Gabriel savait qu'elle était venue lui ouvrir nue. Il y eut ensuite deux ombres dans la pièce du haut, des ombres qui se rejoignaient et s'écartaient puis se rapprochaient encore avant de se déplacer, enlacées, jusqu'au lit, se soustrayant aux regards de Gabriel.

Le vendredi suivant, il se mit à l'affût, se demandant s'ils reviendraient. Ils revinrent, aux mêmes heures, la femme d'abord, à sept heures vingt, puis le garçon quarante minutes plus tard. Cette fois encore, Gabriel se tint, raide et attentif, à son poste d'observation, regardant la lumière de la fenêtre de l'étage briller soudainement avant de s'estomper. Les deux silhouettes nues, floues à travers les rideaux, allaient et venaient, se rapprochaient et se séparaient, se fondaient et tanguaient ensemble dans une parodie rituelle de danse.

Ce vendredi-là, Gabriel resta jusqu'à leur départ. Le garçon sortit le premier, se glissant furtivement par la porte entrouverte puis descendant les marches presque en bondissant, comme sous l'effet d'une joie débordante. La femme le suivit à cinq minutes d'intervalle, referma la porte à clé derrière elle et traversa en coup de vent la surface asphaltée, tête baissée.

Après cela, il les espionna tous les vendredis. Ils exerçaient sur lui une plus grande fascination encore que les livres de Mr Bootman. Leur routine était presque immuable. Parfois, le garçon arrivait avec un peu de retard et Gabriel voyait la femme qui l'attendait, immobile, derrière les rideaux de la chambre. Il avait lui aussi le souffle court, partageant son impatience douloureuse, appelant de ses vœux l'arrivée du garçon. Celui-ci avait généralement une bouteille sous le bras, mais une semaine, ce fut une corbeille à vin qu'il portait précautionneusement. Peut-être était-ce un anniversaire, une soirée spéciale pour eux. La femme, elle, avait toujours son filet à provisions. Ils mangeaient toujours ensemble dans la chambre.

Chaque vendredi, Gabriel se tenait dans le noir, les yeux rivés sur la fenêtre de l'étage, cherchant à déchiffrer les contours de leurs corps nus, imaginant ce qu'ils se faisaient.

Ils se retrouvaient depuis sept semaines lorsque cela se produisit. Ce soir-là, Gabriel arriva en retard. Son bus habituel n'était pas passé et le suivant était bondé. Quand il prit place à son poste d'observation, il y avait déjà de la lumière dans la chambre. Il appuya son visage au carreau, son haleine chaude embuant la vitre. Il la nettoya hâtivement avec la manche de son manteau pour regarder encore. Il crut un moment qu'il y avait deux personnes dans la chambre. C'était sûrement un jeu de lumière. Le garçon ne devait pas arriver avant une demi-heure. Mais la femme était à l'heure, comme toujours.

Vingt minutes plus tard, il se rendit aux toilettes, un étage plus bas. Il avait pris confiance au cours des dernières semaines et se déplaçait désormais à travers le bâtiment, silencieusement, s'éclairant avec sa lampe de poche, avec presque autant d'assurance qu'en plein jour. Il resta presque dix minutes aux toilettes. Il était huit heures à peine passées à sa montre quand il regagna la fenêtre, et il crut d'abord avoir manqué l'arrivée du garçon. Mais non, la mince silhouette était en train de gravir les marches quatre à quatre et de traverser la cour asphaltée en courant pour rejoindre l'abri du seuil.

Gabriel le regarda frapper et attendre que la porte s'ouvre. Elle ne s'ouvrit pas. La femme ne vint pas. Il y avait de la lumière dans la chambre, mais aucune ombre ne se déplaçait derrière les rideaux. Le garçon frappa encore. Gabriel crut déceler le tremblement de ses articulations contre le battant. Il attendit encore. Puis le garçon recula et leva les yeux vers la fenêtre éclairée. Peut-être se risqua-t-il à appeler tout bas ? Gabriel n'entendit rien, mais il sentait la tension de cette silhouette qui attendait.

Le garçon frappa une nouvelle fois. Une nouvelle fois, il n'y eut pas de réponse. Gabriel regardait et souffrait avec lui jusqu'à ce que, à huit heures vingt, le garçon renonçât enfin et fît demi-tour. Alors Gabriel étira lui aussi ses membres contractés et repartit dans la nuit. Le vent se levait et la nouvelle lune surgissait, titubante, à travers les déchirures des nuages. Le temps fraîchissait. Il regretta de ne pas porter de manteau. Rentrant la tête dans les épaules pour se protéger de la morsure du vent, il sut que c'était le dernier vendredi qu'il venait de nuit au bureau. Pour lui, comme pour ce malheureux garçon, c'était la fin d'un chapitre.

Il apprit le meurtre par le journal du matin, le lundi suivant, en allant travailler. Il reconnut immédiatement la photo de l'appartement, qui présentait pourtant un aspect peu familier du fait de la présence d'un groupe d'inspecteurs en civil qui discutaient devant la porte et d'un policier en uniforme, impassible au sommet des marches.

Une affaire banale, en apparence. Une certaine Mrs Eileen Morrisey, trente-quatre ans, avait été retrouvée morte, poignardée, dans un appartement de Camden Town le dimanche soir. La découverte avait été faite par les locataires, Mr et Mrs Kealy, qui étaient rentrés tard après être allés voir les parents de Mrs Kealy. La défunte, mère de jumelles de douze ans, était une amie de Mrs Kealy. L'inspecteur-chef William Holbrook était chargé de l'enquête. Le journal laissait entendre que la victime avait été agressée sexuellement.

Gabriel replia son quotidien avec la même méticulosité que n'importe quel jour. Évidemment, il allait devoir dire à la police ce qu'il avait vu. Il ne pouvait pas laisser souffrir un innocent, malgré les désagréments que cela lui causerait. Avoir conscience de son intention, s'apprêter à servir la justice par pur civisme l'emplissait d'un sentiment de chaude satisfaction. Pendant le reste de la journée, il tourna autour de ses fichiers avec la suffisance secrète de l'homme prêt au sacrifice.

Il finit toutefois par renoncer à son projet initial – passer au commissariat en rentrant chez lui. Il valait mieux ne pas agir précipitamment. Si le garçon était arrêté, il parlerait. À quoi bon compromettre sa réputation et mettre son emploi en péril sans même savoir si le garçon était soupçonné ? La police n'apprendrait peut-être jamais son existence. Parler maintenant ne pourrait qu'attirer les soupçons sur un innocent. La prudence commandait d'attendre. Et Gabriel décida d'être prudent.

La police arrêta le garçon trois jours plus tard. Gabriel l'apprit à nouveau par son journal du matin. Il n'y avait pas de photo cette fois, et les détails étaient peu nombreux. Devant rivaliser avec l'escapade amoureuse d'une célébrité et une grave catastrophe aérienne, l'information ne figurait pas en première page. Un simple entrefilet indiquait : « Denis John Speller, apprenti boucher de dix-neuf ans domicilié à Muswell Hill, a été accusé aujourd'hui du meurtre de Mrs Eileen Morrisey, la mère de jumelles de douze ans tuée à coups de couteau vendredi dernier dans un appartement de Camden Town. »

La police avait donc plus de précisions sur le moment de la mort. Il était peut-être temps qu'il se manifeste. Mais comment être sûr que ce Denis Speller était effectivement le jeune amant qu'il avait observé tous ces vendredis soir ? Une femme pareille, après tout, pouvait bien avoir un tas d'hommes dans sa vie. Aucune photographie de l'accusé ne serait publiée dans la presse avant le lendemain du procès. Les audiences préliminaires livreraient forcément plus d'informations. Il pouvait attendre jusque-là. Et de toute façon, l'accusé ne serait peut-être même pas traduit en justice.

Il fallait aussi qu'il pense à lui. Il avait eu le temps de réfléchir à sa situation personnelle. Si la vie du jeune Speller était en jeu, dans ce cas, évidemment, Gabriel révélerait ce qu'il avait vu. Mais il pouvait s'attendre à perdre son emploi chez Bootman. Pire encore, à ne plus trouver de travail ensuite. Mr Maurice

Bootman y veillerait. Il serait, lui, Gabriel, stigmatisé comme un petit pervers sournois, un voyeur prêt à compromettre son gagne-pain pour pouvoir fourrer son nez une heure ou deux dans un livre cochon et épier le bonheur d'autrui. Mr Maurice Bootman serait trop contrarié par cette publicité malvenue pour pardonner à celui qui l'aurait provoquée.

Et les autres employés se moqueraient de lui. Ce serait la meilleure blague depuis des années, drôle, pathétique et triviale. Le pédant, le respectable, le prude Ernest Gabriel enfin démasqué ! Ils ne lui accorderaient même pas le crédit d'avoir informé la police. Ils ne se diraient pas un instant qu'il aurait très bien pu garder le silence.

Si seulement il parvenait à trouver une raison qui justifie sa présence dans l'immeuble ce soir-là. Mais il n'en avait pas. Il ne pouvait pas prétendre être resté particulièrement tard pour travailler, alors qu'il avait pris si grand soin de partir avec le concierge. Il ne s'en tirerait pas non plus en disant être revenu mettre ses classements à jour. Ses classements étaient toujours à jour, et il ne manquait jamais de le faire savoir. Son efficacité même jouait contre lui.

Par ailleurs, il était piètre menteur. La police ne goberait pas son histoire sans la vérifier point par point. Après avoir déjà consacré autant de temps à cette affaire, elle n'apprécierait certainement pas la révélation tardive de nouveaux indices. Il imaginait le cercle de visages sinistres, accusateurs, dont la courtoisie de surface masquerait à peine l'hostilité et le mépris. À quoi bon risquer pareille épreuve sans être certain des faits ?

Ces arguments lui parurent conserver toute leur validité, même après les audiences préliminaires qui envoyèrent effectivement Denis Speller devant le tribunal. Il savait désormais que Speller était bien l'amant qu'il avait vu. En fait, il n'en avait jamais vraiment douté. À présent également, les grandes lignes de l'accusation se dessinaient. Le procureur chercherait à prouver qu'il s'agissait d'un crime passionnel, que le garçon, fou de rage parce qu'elle avait menacé de le quitter, l'avait tuée par jalousie ou par vengeance. L'accusé nierait être entré dans l'appartement ce soir-là, il dirait et répéterait qu'il avait frappé à la porte et était reparti. Gabriel était le seul à pouvoir confirmer sa version des faits. Mais il était encore trop tôt pour parler.

Il décida d'attendre le procès. Il pourrait ainsi mesurer la solidité des chefs d'accusation. Si l'acquittement semblait probable, rien ne l'empêcherait de continuer à se taire. Et si l'affaire se présentait mal, il se voyait déjà, non sans une certaine fébrilité, une fascination angoissée, se lever dans le silence de la salle d'audience bondée et livrer son témoignage à la face du monde. Les interrogations, les critiques, la triste notoriété viendraient plus tard. Il aurait vécu son heure de gloire.

Il fut étonné et un peu déçu par l'aspect du tribunal. Il avait pensé que l'on rendait la justice dans un cadre plus imposant, plus spectaculaire que cette salle moderne, fonctionnelle, qui sentait le propre. Tout était paisible et ordonné, sans bousculade à la porte, sans foule jouant des coudes pour trouver un siège. Ce n'était même pas un procès populaire.

Prenant discrètement place au fond de la salle, Gabriel regarda autour de lui, d'abord avec appréhension, puis avec une confiance croissante. Il n'avait aucune raison de s'inquiéter. Il ne connaissait personne. Le public était composé d'un assortiment de gens tout à fait ordinaires, à peine dignes, songea-t-il, du drame qui allait se jouer devant eux. Certains auraient pu, pensa-t-il en les regardant, être des collègues de travail de Speller ou habiter la même rue que lui. Ils paraissaient tous mal à l'aise, avec cet air légèrement fuyant de ceux qui affrontent un environnement inhabituel ou intimidant. Une femme mince, en noir, pleurait tout bas dans son mouchoir. Personne ne lui prêtait attention, personne ne la réconfortait.

De temps en temps, une des portes s'ouvrait à l'arrière de la salle et un nouveau venu se glissait furtivement à sa place. La rangée de visages se tournait alors momentanément vers lui sans lui manifester d'intérêt, sans esquisser le moindre signe de reconnaissance, avant que les regards ne reviennent se poser sur la silhouette frêle assise au banc des accusés.

Gabriel la dévisagea, lui aussi. Au début, il n'osa lui jeter que des regards furtifs, détournant les yeux aussitôt, comme si le moindre coup d'œil lui faisait courir un risque effroyable. Il était inconcevable que le regard du prévenu croise le sien, qu'il comprenne, on ne sait comment, qu'il avait en face de lui l'homme qui pouvait le sauver et qu'il lui adresse un appel éperdu. Mais après s'être aventuré à lui jeter deux ou trois coups d'œil, il comprit qu'il n'avait rien à craindre. Cette figure solitaire ne voyait personne, ne s'occupait de personne sauf d'elle-même. Ce n'était qu'un garçon ahuri et terrifié, dont le regard était tourné vers l'intérieur, vers quelque enfer intime. On aurait dit une bête prise au piège, ayant renoncé à tout espoir, à toute volonté de se battre.

Le juge était replet, rubicond, ses mentons enfoncés dans les rubans de son col. Il gardait ses petites mains posées sur le bureau derrière lequel il était assis, sauf quand il prenait des notes. Le cas échéant, l'avocat s'interrompait un instant avant de poursuivre plus lentement, comme soucieux de ne pas bousculer Sa Seigneurie, l'observant tel un père vigilant donnant des explications avec une pondération délibérée à un enfant un peu lent.

Gabriel savait pourtant qui exerçait le pouvoir. Les mains grassouillettes du juge, croisées sur son bureau comme dans une parodie d'enfant en prière, tenaient la vie d'un homme dans leur étreinte. Cette salle tout entière ne contenait qu'un être doté d'un pouvoir supérieur à celui de ce personnage siégeant, ceint d'écarlate, sous le blason sculpté. Et cet être, c'était lui, Gabriel. Cette prise de conscience l'envahit brusquement d'un sentiment d'allégresse, à la fois grisant et gratifiant. Il jubilait à l'idée d'être le seul à savoir. C'était une sensation nouvelle, d'une incroyable douceur.

Il parcourut du regard les visages solennels et attentifs et se demanda quelle tête feraient ces gens s'il se levait soudainement pour exposer tout haut ce qu'il savait. Il parlerait d'une voix ferme, assurée. Personne ne pourrait l'intimider. Il dirait : « Monsieur le Juge. L'accusé est innocent. Il a frappé à la porte et est reparti. Moi, Gabriel, je l'ai vu. »

Qu'arriverait-il alors ? Il était impossible de le deviner. Le juge suspendrait-il l'audience, ajournerait-il le procès pour entendre son témoignage en privé ? Ou Gabriel serait-il invité à prendre place à la barre des témoins ? Une chose était certaine – il n'y aurait pas de tapage, pas de scène d'hystérie.

Et si le juge le faisait purement et simplement expulser ? Et s'il était trop surpris pour comprendre la déclaration de Gabriel ? Il l'imaginait déjà se penchant en avant, la main en conque derrière son oreille, tandis que les agents de police de faction dans le fond de la pièce s'avançaient silencieusement pour traîner l'importun hors de la salle. Dans cette atmosphère de calme aseptisé, où la justice elle-même avait tout du rituel académique, la voix de la vérité ne serait sans doute qu'une intrusion vulgaire. Personne ne le croirait. Personne ne l'écouterait. Ils avaient monté cette mise en scène élaborée dans l'intention de jouer leur pièce jusqu'au bout et ne le remercieraient certainement pas de la gâcher. Il était trop tard pour parler.

Même si on le croyait, il ne gagnerait rien à se manifester. On lui reprocherait d'avoir attendu aussi longtemps, d'avoir laissé un innocent arriver aussi près de la potence. En admettant que Speller soit innocent, bien sûr. Et qui aurait pu l'affirmer ? Ils feraient valoir qu'il avait très bien pu frapper à la porte et repartir pour revenir plus tard, s'introduire dans la place et tuer. Lui-même, Gabriel, n'avait pas attendu devant sa fenêtre pour s'assurer du contraire. De sorte que son sacrifice aurait été vain.

Il entendait déjà les voix persifleuses de ses collègues : « On peut toujours compter sur ce vieux Gabriel pour attendre le dernier moment. Quel pleutre, celui-là ! Hé, l'archange, tu as lu quelques bouquins cochons ces derniers temps ? » Il se ferait virer de chez Bootman sans même avoir la consolation de s'être fait bien voir de l'opinion publique.

Oh, il ferait les gros titres, c'est sûr. Il les voyait déjà : *Coup de théâtre à Old Bailey. Un témoin confirme l'alibi du suspect*. Le problème étant que ce n'était pas un alibi. Qu'est-ce que ça prouvait, au juste ? Il passerait pour un casse-pieds notoire, le pathétique petit voyeur trop lâche pour se signaler à la police à temps. Et Denis Speller serait tout de même pendu.

Une fois l'instant de tentation passé, lorsqu'il sut avec une certitude absolue qu'il ne parlerait pas, Gabriel commença presque à y prendre du plaisir. Après tout, ce n'était pas tous les jours qu'on pouvait observer le fonctionnement de la justice britannique. Il écouta, il nota, il apprécia. Le réquisitoire de l'accusation était redoutable. L'avocat général plut à Gabriel. Avec son front haut, son nez busqué et son visage osseux et intelligent, il avait l'air infiniment plus distingué que le juge. Telle était bien l'allure que devait avoir un célèbre juriste. Il plaidait sa cause sans passion, presque sans intérêt. Mais c'était, Gabriel le savait, ainsi que la justice se rendait. Il n'était pas chargé de chercher à obtenir une condamnation. Sa tâche consistait à présenter les chefs d'accusation avec équité et précision.

Il appela ses témoins à la barre. Mrs Brenda Kealy, l'épouse du locataire de l'appartement. Une petite pute blonde, ordinaire, habillée avec chic. Oh ! il connaissait le genre. Il devinait ce que sa mère aurait dit d'elle. Pas besoin d'être grand clerc pour savoir ce qu'elle avait en tête. Et visiblement, elle ne s'en privait pas. Fringuée comme pour un mariage. Une salope de première.

Elle pleurnichait dans son mouchoir et répondait aux questions de l'avocat général d'une voix si basse que le juge dut lui demander de parler plus fort. Oui, elle avait accepté de prêter l'appartement à Eileen tous les vendredis soir pendant qu'elle allait avec son mari voir ses parents à Southend. Ils partaient dès qu'il avait fermé la boutique. Non, il n'était pas au courant de cet arrangement. Elle avait donné le double des clés à Mrs Morrisey sans le consulter. À sa connaissance, il n'y en avait pas d'autre. Pourquoi avait-elle fait une chose pareille ? Elle avait pitié d'Eileen. Eileen avait insisté. Elle avait l'impression que la vie conjugale des Morrisey n'était pas très satisfaisante.

Le juge s'interposa doucement : le témoin devait se contenter de répondre aux questions de l'accusation. Elle se tourna vers lui : « Je cherchais seulement à aider Eileen, monsieur le Juge. »

Et puis il y avait la lettre. Elle fut remise à la femme qui reniflait à la barre et elle confirma qu'elle lui avait été adressée par Mrs Morrisey. Lentement, le greffier la reprit et la porta majestueusement à l'avocat général, qui en donna lecture à haute voix :

Chère Brenda,
Finalement, nous viendrons quand même à l'appartement vendredi. Je préfère te prévenir, si vous deviez changer vos plans, Ted et toi. Mais ce

sera la dernière fois, c'est sûr. George commence à se douter de quelque chose et je dois penser aux enfants. J'ai toujours su que ça ne durerait pas éternellement. Merci d'avoir été une aussi bonne amie.

Eileen

La voix pondérée, distinguée, se tut. Tout en tournant les yeux vers le jury, l'avocat général reposa lentement la lettre. Le juge inclina la tête et prit quelques notes. Un moment de silence se fit dans la salle d'audience. Puis le témoin fut remercié.

L'audience se poursuivit sur le même mode. Il y eut le marchand de journaux, en bas de Moulton Street, qui se rappelait que Speller avait acheté l'*Evening Standard* juste avant huit heures. L'accusé portait une bouteille sous le bras et semblait d'excellente humeur. Il était absolument certain que son client était l'accusé.

Il y eut la femme du patron du Rising Sun, un pub situé à l'intersection entre Moulton Mews et High Street, qui déclara avoir servi un whisky au prévenu un peu avant huit heures et demie. Il n'était pas resté longtemps.

Juste le temps de boire son verre. Elle l'avait trouvé très nerveux. Oui, elle était sûre que c'était bien l'accusé. Un véritable défilé de clients vint confirmer ses propos. Gabriel se demanda pourquoi l'accusation avait pris la peine de les convoquer, avant de comprendre que Speller avait nié être passé au Rising Sun, nié avoir eu besoin d'un verre.

Il y eut George Edward Morrisey, employé d'une agence immobilière, visage étroit, lèvres serrées, debout, raide dans son costume du dimanche en serge bleue. Il déclara qu'ils formaient un couple heureux, qu'il n'avait rien su, rien soupçonné. Sa femme lui avait raconté qu'elle allait à un cours de poterie tous les vendredis soir. La salle gloussa. Le juge fronça les sourcils.

En réponse aux questions de l'avocat, Morrisey affirma être resté chez lui pour garder les enfants. Les filles étaient encore un peu petites pour qu'on puisse les laisser seules le soir. Oui, il était chez lui la nuit où sa femme avait été tuée. Sa mort l'affligeait profondément. Il avait été bouleversé d'apprendre sa liaison avec l'accusé. Il prononça le mot « liaison » avec un mépris furieux, comme s'il lui laissait un goût amer sur les lèvres. Il ne tourna pas une fois les yeux vers le prévenu.

Il y eut le rapport d'autopsie – sordide, précis mais miséricordieusement concis et objectif. La défunte avait été violée avant de recevoir trois coups portés par une arme tranchante qui lui avait transpercé la jugulaire. Un témoignage de l'employeur de l'accusé faisait état en des termes vagues et insuffisamment fondés d'une brochette manquante. Puis la logeuse du prévenu vint dire qu'il était rentré chez lui la nuit du crime dans un état de grande agitation et ne s'était pas levé pour aller travailler le lendemain matin. Certains fils étaient ténus. Certains, comme le témoignage du boucher, n'avaient manifestement guère de poids, même aux yeux de l'accusation. Mais ensemble, ils tissaient une corde assez solide pour pendre un homme.

L'avocat de la défense fit de son mieux, tout en affichant l'air désespéré de celui qui se sait condamné d'avance à l'échec. Il fit venir des témoins qui affirmèrent que Speller était un garçon doux, charmant, un ami généreux, un fils aimant et un bon frère. Les jurés les crurent. Ils crurent également qu'il avait tué sa maîtresse. L'avocat appela l'accusé. Speller fit une déposition médiocre, il était confus, peu convaincant. Il aurait été sage, songea Gabriel, que le garçon manifeste un minimum de compassion pour la défunte. Mais il était trop obnubilé par le danger qu'il courait pour consacrer la moindre pensée à autrui. Amour et peur ne font pas bon ménage, songea Gabriel. L'aphorisme lui plut.

Le juge récapitula les faits avec une impartialité scrupuleuse, présentant au jury un exposé circonstancié sur la nature et la valeur des présomptions et une interprétation de la formule « bénéfice du doute ». Le jury l'écouta avec une attention respectueuse. Il était impossible de deviner ce qui se passait derrière ces douze paires d'yeux vigilants, anonymes. Mais les jurés ne s'absentèrent pas longtemps.

Moins de quarante minutes après l'interruption de séance, ils étaient de retour ; le prévenu revint à la barre, le juge posa la question de rigueur. Le président du jury donna la réponse attendue, d'une voix forte et claire.

« Coupable, monsieur le Juge. » Personne ne parut surpris.

Le juge expliqua au prévenu qu'il avait été jugé coupable du meurtre horrible et cruel de la femme qui l'avait aimé. Les traits crispés et livides, le prévenu regarda le juge avec des yeux hagards, comme s'il n'entendait qu'à moitié. Le jugement fut prononcé, rendu plus horrible encore par le ton doucereux du magistrat.

Gabriel chercha avec curiosité le bonnet noir et constata avec surprise et non sans une certaine déception que ce n'était qu'un carré d'étoffe noire perché de façon incongrue au sommet de la perruque du juge. Les jurés furent remerciés. Le juge ramassa ses notes comme un homme d'affaires qui range son bureau à la fin de sa journée de travail. L'audience fut levée. Le détenu fut emmené. C'était fini.

Le procès donna lieu à peu de commentaires au bureau. Personne ne savait que Gabriel y avait assisté. Sa journée de congé « pour convenance personnelle » avait été acceptée avec aussi peu d'intérêt que ses précédentes absences. Il était trop solitaire, trop impopulaire pour faire l'objet de ragots. Dans son bureau poussiéreux et mal éclairé, isolé par plusieurs étages de classeurs, il inspirait une vague aversion ou, au mieux, une tolérance apitoyée. La salle des archives n'avait jamais été un centre de bavardages intimes entre collègues. Il entendit cependant l'avis d'un des membres de la société.

Le lendemain du procès, Mr Bootman, journal à la main, entra dans le bureau collectif au moment où Gabriel distribuait le courrier du matin. « Je vois qu'ils ont réglé notre petit fait-divers local, annonça Mr Bootman. Le type paraît bon pour la potence. Tant mieux. L'habituelle petite histoire sordide de passion illicite et de stupidité crasse, visiblement. Un crime très ordinaire. »

Personne ne répondit. Les employés gardèrent le silence avant de se remettre au travail. Sans doute estimaient-ils qu'il n'y avait rien à ajouter.

Ce fut peu après le procès que Gabriel se mit à rêver. Le rêve, qu'il faisait environ trois fois par semaine, était toujours identique. Il traversait péniblement un désert sous un soleil de plomb, cherchant à rejoindre un fort lointain. Il lui arrivait de le distinguer clairement, sans jamais parvenir pourtant à s'en approcher. Il voyait une cour intérieure bondée, une multitude silencieuse, vêtue de noir, tournée vers une plateforme centrale sur laquelle était dressé un gibet. La construction était singulièrement élégante, avec deux robustes poteaux de part et d'autre reliés par une traverse délicatement incurvée d'où pendait la corde.

Les gens, comme la potence, n'étaient pas de ce temps. C'était une foule victorienne, les femmes en châles et bonnets, les hommes en hauts-de-forme ou en melons à bord étroit. Il reconnaissait sa mère parmi eux, son fin visage dégagé sous son voile de veuve. Elle fondait soudain en larmes, et tandis qu'elle pleurait, son visage se transformait pour devenir celui de la femme en pleurs du procès. Gabriel mourait d'envie de la rejoindre, de la réconforter. Mais à chaque pas, il s'enfonçait plus profondément dans le sable.

Il y avait des gens sur la plateforme à présent. L'un d'eux, il le savait, devait être le gouverneur de la prison, en haut-de-forme et redingote, avec d'épais favoris, l'air grave.

Sa tenue était celle d'un gentleman victorien mais ses traits, sous cette pilosité abondante, étaient ceux de Mr Bootman. À côté de lui se tenait l'aumônier, en robe de pasteur avec col à bandes blanches, et de part et d'autre, deux surveillants, leurs vestes noires boutonnées jusqu'au cou.

Le condamné était debout sous le nœud coulant. Il portait des hauts-de-chausse et une chemise à col ouvert, et son cou était aussi blanc et délicat que celui d'une femme. Il aurait pu s'agir de cet autre cou, tant il semblait gracile. L'inculpé avait les yeux fixés au-delà du désert, sur Gabriel, et son regard n'exprimait pas un appel désespéré mais une profonde tristesse. Cette fois, Gabriel savait qu'il devait le sauver, qu'il devait arriver à temps.

Mais le sable entravait ses chevilles meurtries, et il avait beau crier qu'il arrivait, qu'il arrivait, les rafales de vent torride déchiquetaient les mots qui sortaient de sa gorge desséchée. Son dos, presque plié en deux, s'était couvert de cloques sous l'effet du soleil. Il ne portait pas de manteau. Cette absence de manteau lui inspirait une inquiétude irrationnelle. Il avait dû lui arriver quelque chose dont il aurait dû se rappeler.

Alors qu'il avançait en titubant, pataugeant à travers ce marais de sable, il voyait le fort miroiter dans la brume de chaleur. Puis il se mit à reculer, devenant peu à peu plus indistinct, plus lointain, jusqu'à n'être plus qu'une vague tache au milieu des dunes distantes. Il entendit un cri aigu, désespéré, s'élever de la cour, et se réveilla, sachant que c'était sa voix et que l'humidité chaude sur son front était de la sueur et non du sang.

Dans la rationalité toute relative du matin, il analysa son rêve et prit conscience qu'il avait vu un jour cette scène représentée sur la page d'une gazette victorienne exposée dans la vitrine d'un bouquiniste. Dans son souvenir, l'illustration figurait l'exécution de William Corder, condamné pour avoir assassiné Maria Marten dans la Grange Rouge. Ce souvenir le rasséréna. Au moins, il n'avait pas perdu tout contact avec le monde tangible et sensé.

Il n'en demeurait pas moins que, de toute évidence, cette affaire le tracassait. Il était temps qu'il réfléchisse sérieusement. Il avait toujours été intelligent, trop intelligent pour cet emploi. C'était pour cela, évidemment, que les autres employés lui en voulaient. Le moment était venu de se servir de son cerveau. Qu'est-ce qui le préoccupait au juste ? Une femme avait été assassinée. De qui était-ce la faute ? La responsabilité n'était-elle pas partagée par un certain nombre de gens ?

Cette petite pute blonde, par exemple, qui leur avait prêté son appartement. Le mari, qui s'était laissé cocufier sans se douter de rien. Le garçon qui l'avait séduite, la détournant ainsi de son devoir conjugal et maternel. La victime elle-même – surtout la victime. Le salaire du péché est la mort. Eh bien, elle l'avait touché à présent. Un homme ne lui avait pas suffi.

Gabriel revit l'ombre floue derrière les rideaux de la chambre, les bras levés qui attiraient la tête de Speller vers sa poitrine. Répugnant. Écœurant. Dégoûtant. Les adjectifs souillaient son esprit. Ma foi, ils s'étaient bien amusés, son amant et elle. Il était juste qu'ils paient tous les deux. Ça ne le regardait pas, lui, Ernest Gabriel. S'il les avait vus par cette fenêtre, c'était par pur hasard, c'était par pur hasard qu'il avait vu Speller frapper à la porte et repartir.

Justice avait été rendue. Il avait senti sa majesté, la beauté de sa vertu immanente au procès de Speller. Et lui, Gabriel, en était un rouage. S'il parlait maintenant, un homme qui avait entraîné une femme sur la voie de l'adultère risquait de demeurer impuni. Son devoir était clair. La tentation de parler s'était définitivement évanouie.

Ce fut dans cet état d'esprit qu'il rejoignit la petite foule silencieuse massée devant la prison le matin de l'exécution de Speller. Au premier coup de huit heures, imitant ses compagnons, il retira son chapeau. Levant les yeux vers le ciel qui s'étendait au-dessus des murs de la prison, il se sentit envahi à nouveau par la chaude conscience jubilatoire de son autorité et de son pouvoir. C'était en son nom, c'était sur son ordre, qu'à l'intérieur le bourreau anonyme accomplissait son art redoutable...

Mais cela remontait déjà à seize ans. Quatre mois après le procès, la société, en expansion et consciente de la nécessité d'avoir une adresse plus prestigieuse, avait quitté Camden Town pour le nord de Londres. Gabriel avait déménagé avec elle. Il était l'un des rares membres du personnel à garder le souvenir de l'ancien bâtiment. Les salariés arrivaient et repartaient si vite de nos jours ; plus aucun sentiment de loyauté ne les liait à leur emploi.

À la fin de l'année, quand Gabriel prendrait sa retraite, il ne resterait du temps de Camden Town que Mr Bootman et le concierge. Seize ans. Seize ans à exercer le même emploi, à occuper le même garni, à subir l'aversion à peine masquée du personnel. Mais il avait eu son moment de pouvoir. Il se le rappelait à présent, parcourant du regard le salon sordide avec son papier peint déchiré, son plancher sali. Il avait eu une tout autre allure seize ans plus tôt.

Il se rappelait l'emplacement du canapé, l'endroit même où elle était morte. Il se rappelait d'autres choses — ses battements de cœur pendant qu'il traversait la cour asphaltée ; le coup sec frappé à la porte ; le battant entrebâillé par lequel il s'était glissé avant qu'elle ne se soit rendu compte que ce n'était pas son amant ; le corps nu qui regagnait le salon, recroquevillé, la gorge blanche tendue, la pression du stylet, aussi douce que s'il perforait du caoutchouc mou. L'acier avait pénétré si facilement, si souplement.

Il lui avait fait autre chose, aussi. Une chose dont il valait mieux ne pas se souvenir. Il avait rapporté le stylet au bureau, et l'avait rincé sous le robinet des toilettes jusqu'à ce qu'il ne reste plus aucune trace de sang. Il l'avait ensuite remis à sa place avec une demi-douzaine d'instruments identiques. Rien ne le distinguait plus des autres, même à ses propres yeux.

Tout avait été si facile. Il n'y avait eu qu'un jaillissement de sang qui avait taché sa manche droite quand il avait retiré le stylet. Il avait brûlé son manteau dans la chaudière du bureau. Il se rappelait le souffle brûlant qui l'avait frappé au visage quand il l'avait jeté à l'intérieur et les cendres répandues à ses pieds, comme du sable.

Il ne lui était resté que la clé de l'appartement. Il l'avait vue sur la table du salon et l'avait prise. Il la sortit alors de sa poche et la compara à celle de l'agence immobilière, les posant côte à côte sur sa paume. Oui, elles étaient pareilles. Ils en avaient fait faire une nouvelle, mais personne n'avait pris la peine de changer la serrure.

Il contempla la clé, cherchant à se rappeler l'exaltation de ces semaines durant lesquelles il avait été à la fois juge et bourreau. Il ne ressentait plus rien. Tout cela était si loin. Il avait cinquante ans à l'époque ; il en avait maintenant soixante-six. Trop vieux pour les sensations. Et puis il se rappela les paroles de Mr Bootman. C'était, après tout, un crime très ordinaire.

Le lundi matin, l'employée de l'agence immobilière, qui venait de relever le courrier, appela le directeur.

« Ça alors ! Le vieux type à qui j'ai passé la clé de l'appartement de Camden Town n'a pas rapporté la bonne. Celle-ci n'a pas notre étiquette dessus. Ou alors il l'a retirée. Regardez ! Mais pourquoi aurait-il fait une chose pareille ? »

Elle apporta la clé dans le bureau du directeur, et déposa sa pile de lettres devant lui. Il y jeta un regard indifférent.

« C'est la bonne clé, de toute évidence – nous n'en avons pas d'autre comme celle-ci.

L'étiquette a dû se détacher. Vous devriez les coller plus soigneusement.

— Mais je l'ai fait ! » Outrée, la jeune fille protesta avec véhémence. Le directeur grimaça.

« Eh bien, remettez-en une, raccrochez-la au tableau et pour l'amour du ciel, soyez gentille, ne faites pas tant d'histoires. »

Elle se retourna vers lui, prête à répondre. Puis elle haussa les épaules. Tout bien considéré, il avait toujours été un peu bizarre dès qu'il était question de cet appartement de Camden Town.

« Très bien, Mr Morrisey », acquiesça-t-elle.

TABLE

Préface 7

Les douze indices de Noël 13
L'héritage Boxdale 51
L'énigme du gui 103
Un crime très ordinaire 151

Composition et mise en pages
Nord Compo à Villeneuve-d'Ascq

Fayard s'engage pour l'environnement en réduisant l'empreinte carbone de ses livres. Celle de cet exemplaire est de :

0,650 kg éq. CO$_2$

Rendez-vous sur
www.fayard-durable.fr

PAPIER À BASE DE
FIBRES CERTIFIÉES

49-7076-3/01
Imprimé en Espagne par Industria Gráfica Cayfosa